Geronimo Stilton

星际太空鼠

亲爱的新船员,
欢迎加入太空鼠的大家庭!

这是一个在无尽宇宙中穿梭冒险的科幻故事!

亲爱的新船员：

我告诉过你们我是一个科幻小说的狂热爱好者吗？

我一直想写一些发生在另一个宇宙的冒险故事……

可是，所谓的平行宇宙真的存在吗？

就这个问题，我咨询了老鼠岛上最著名的伏特教授，你们知道他是怎么回答我的吗？

他说，根据一些科学家的研究发现，我们所处的宇宙并非唯一，世上还存在着许多不同的宇宙空间，其中有些甚至跟我们的宇宙很相似呢！在这些神秘的宇宙空间，或许会发生许多超出我们想象的事情。

啊，这个发现真让鼠兴奋！这也启发了我，我多希望能够写一些关于我和我的家鼠在宇宙中探索新世界的科幻故事啊！而且，我想到一个非常炫酷的名字——《星际太空鼠》！

在银河中遨游的我们，一定会让其他鼠肃然起敬！

伏特教授

船员档案

杰罗尼摩·斯蒂顿
（杰尼）

赖皮·斯蒂顿
（小赖）

菲·斯蒂顿

马克斯·坦克鼠爷爷

机械人提克斯

本杰明·斯蒂顿和
潘朵拉

银河之最号

太空鼠的宇宙飞船，太空鼠的家，同时也是太空鼠的避风港！

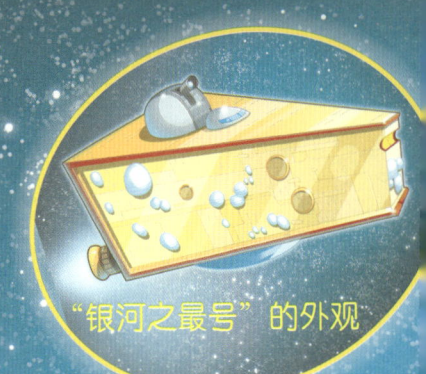

"银河之最号"的外观

1. 控制室
2. 巨型望远镜
3. 温室花园，里面种着各种植物和花朵
4. 图书馆和阅读室
5. 月光动感游乐场
6. 咔嗞大厨的餐厅和酒吧
7. 餐厅厨房
8. 喷气电梯，穿梭于宇宙飞船内各个楼层的移动平台
9. 计算机室
10. 太空舱装备室
11. 太空剧院
12. 星际晶石动力引擎
13. 网球场和游泳池
14. 多功能健身室
15. 探索小艇
16. 储存舱
17. 自然环境生态园

"银河之最号"船员好友登船表

"银河之最号"公约：

飞船上新朋友众多，请牢记微笑是全宇宙共通的语言！ :)

□同意并遵守

签名：_____

请画出好朋友的头像

姓　　名_____　　出生星球_____

性　　别　男鼠□ 女鼠□（请打√）

年　　龄_____

是否是你的同学　是□ 否□（请打√）

是否是你的邻居　是□ 否□（请打√）

是否经常闹别扭　是□ 否□（请打√）

是否有用餐需求　是□ 否□（请打√）

（如是，请点餐：_____）

好朋友最可能想去哪儿（请打√）：

□月光动感游乐场　　□网球场和游泳池

□太空剧院　　　　　□图书馆

填写后请仔细检查，"银河之最号"将根据此信息筹备迎接工作。

"银河之最号"船员守则

1. 保持勇气!
2. 信任和团结你的太空鼠伙伴!
3. 聆听坦克鼠爷爷等老太空鼠的忠告!
4. 保护好本杰明这帮小太空鼠!
5. 珍爱并保护一切外星生命!
6. 智慧永远比暴力管用!
7. 时刻保持镇定和冷静!

图书在版编目（CIP）数据

太空足球锦标赛／（意）杰罗尼摩·斯蒂顿著；顾志翱译. -- 成都：四川少年儿童出版社，2019.6（2021.7重印）
（星际太空鼠）
ISBN 978-7-5365-9505-7

Ⅰ.①太… Ⅱ.①杰… ②顾… Ⅲ.①儿童小说－中篇小说－意大利－现代 Ⅳ.①I546.84

中国版本图书馆CIP数据核字(2019)第105729号
四川省版权局著作权合同登记号：图进字21-2019-067

出 版 人：常　青
总 策 划：高海潮
著　 者：[意]杰罗尼摩·斯蒂顿
译　 者：顾志翱
责任编辑：王晗笑
封面设计：汪丽华
美术编辑：刘婉婷　徐小如
责任印制：王　春　袁学团

　　　　 TAIKONG ZUQIU JINBIAOSAI
书　 名：太空足球锦标赛
出　 版：四川少年儿童出版社
地　 址：成都市槐树街2号
网　 址：http://www.sccph.com.cn
网　 店：http://scsnetcbs.tmall.com
经　 销：新华书店
印　 刷：天津联城印刷有限公司
成品尺寸：195mm×145mm
开　 本：32
印　 张：4.25
字　 数：85千
版　 次：2019年8月第1版
印　 次：2021年7月第6次印刷
书　 号：ISBN 978-7-5365-9505-7
定　 价：25.00元

若发现印装质量问题，请及时与发行部联系调换。
地　 址：成都市槐树街2号四川出版大厦六层四川少年儿童出版社发行部
邮　 编：610031　　咨询电话：028-86259237　86259232

Geronimo Stilton names, characters and related indicia are copyright, trademark and exclusive license of Atlantyca S.p.A. All Rightes Reserved.
The moral right of the author has been asserted.
Text by Geronimo Stilton
Original cover by Flavio Ferron, adopted by Sichuan Children's Publishing House Co., Ltd
Art Director: Iacopo Bruno
Graphic Project: Giovanna Ferraris / theWorldofDOT
Illustrations by Giuseppe Facciotto, Daniele Verzini
Artistic Coordination: Flavio Ferron
Artistic Assistence: Tommaso Valsecchi
Graphics: Chiara Cebraro
©2014, 2016 by Edizioni Piemme S.p.A.
©2018 Mondadori Libri S.p.A. for PIEMME, Italia
©2019 for this work in Simplified Chinese language, Sichuan Children's Publishing House Co., Ltd.F6, Sichuan Publishing Buliding, No.2 Huaishu street, Qingyang District, Chengdu, China
International Rights ©Atlantyca S.p.A. ,via Leopardi 8-20123 Milano-Italia-foreignrights@atlantyca.it - www.atlantyca.com
Based on an original idea by Elisabetta Dami
Original title: Sfida galattica all'ultimo gol
www.geronimostilton.com
Stilton is the name of a famous English cheese. It is a registered trademark of the Stilton Cheese Makers' Association. For more information go to www.stiltoncheese.com

No part of this book may be stored, reproduced or transmitted in any form or by any means, electronic or mechanical, including photocopying, recording, or by any information storage and retrieval system, without written permission from the copyright holder. For information address Atlantyca S.p.A.

Geronimo Stilton

星际太空鼠

太空足球锦标赛

[意] 杰罗尼摩·斯蒂顿 ◎ 著
顾志翱 ◎ 译

四川少年儿童出版社

目录

来自银河系的信息	14
一个意料之外的邀请	19
你不会踢太空足球？	23
球员招募	29
跳跃，冲刺，射门！	36
新的前锋	42
准备出发！	47
到达球场星！	50
太空鼠登场！	57
热情的球迷	63

长翅膀的对手	68
我们是一个团队！	73
一次恶心的会面	78
多事之夜	82
寻找小雄狮	88
最后的挑战	93
杂耍救援	99
全力以赴！	104
最终决赛	108
上吧，啫喱！	117
队长！举起奖杯吧！	121
欢迎回来，冠军们！	125

如果我们能够穿越时空……

如果在银河的最深处有这样一艘宇宙飞船，上面住的全部都是太空鼠……

如果这艘宇宙飞船的船长是一个富有冒险精神又有些憨憨的太空鼠……

那么，他的名字一定叫作杰罗尼摩·斯蒂顿！

我们现在要讲述的就是他的冒险故事……

你们准备好了吗？

快来跟着杰罗尼摩一起去星际旅行，穿梭神秘浩瀚的宇宙吧！

来自银河系的信息

这是一个宁静的周一早上,我在房间里刚开始享用我的早餐牛角包,电视屏幕上就出现了计算机为我准备好的新闻提要——你们也知道,作为一位船长,我需要随时了解宇宙里正在发生的事情!

啊,对不起,我还没作自我介绍呢!我叫杰罗尼摩·斯蒂顿,大家都叫我杰尼,是"银河之最号"的船长,"银河之最号"是太

来自银河系的信息

空鼠生活的宇宙飞船!

话说回来……早上我正在浏览《**星际新闻**》的标题。先是:法弗埃星火山爆发。接着是:多颗小行星从 **88532** 号星系移动到 **22398** 号星系。还有:在天蝎座附近有多艘小型宇宙飞船发生碰撞。最后一条:在球场星上举办的星际杯太空足球赛两周后周正式开赛。

啊,又是体育新闻!

我不知道你们怎么样,但我确实不是一个喜欢*运动*的太空鼠。

来自银河系的信息

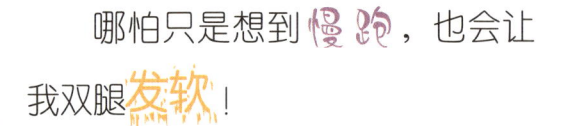

哪怕只是想到慢跑，也会让我双腿发软！

要知道，我的梦想是成为一个伟大的作家！这些年来，我一直都想要完成我的《星际太空鼠》宇宙冒险故事书，但是却始终都没能完成，因为宇宙里总会出现各种各样的问题！

幸运的是，这个星期一，飞船上的一切看上去都十分平静——直到一阵刺耳的警报声突然响起，把我吓了一跳！

随后，飞船上的主计算机——全息程序鼠的影像忽地冒出来出现在我的面前。

收到图像信息！
收到图像信息！！
收到图像信息！！！

来自银河系的信息

我看了看手里剩下的半杯果汁刨冰和夹着月亮芝士的牛角包,**试图**先把东西吃完:"我不能晚些看信息吗?"

"**不能**!这条信息必须马上回复!"全息程序鼠坚定地拒绝了我。

全息程序鼠

"银河之最号"上的主计算机

种类:超级鼠工智能
特长:监控整艘飞船的各项功能,保证它们正常运转,包括自动驾驶太空飞船
性格:自认为是飞船上不可或缺的角色
特点:能够随时随地出现在飞船上的任何地方

我抗议道:"可我还在吃早餐呢……"

全息程序鼠摇了摇头说:"抗议无效,船长先生。"

"好吧,好吧!我们先听听是什么内容。"我叹了一口气。唉,船长的工作总是没完没了,多么不容易啊!

一个意料之外的邀请

全息程序鼠得到我的回答后，很满意地笑了笑，然后汇报："船长先生，我们收到了一条来自运动星座——球场星的图像信息，该行星距离我们现在的位置，如果将质子速度换算成量子距离的话……"

全息程序鼠所说的这些距离换算单位我一点都听不懂，于是我打断他说："全息程序鼠，我们直接看看信息的内容吧，待会儿你再告诉我具体的细节。"

您好！来自铵河星系的问候！

这时，计算机才总算开始**播放**图像信息。在我房间的电视上，出现了一个奇怪的**外星人影像**，他的手里拿着一个足球。

"这是一份来自铵河星系的问候，**斯蒂顿船长**。我叫迭戈·格雷德，是星际足球联合会的主席。我想您一定知道，我们的星球每四个**星际年**就会举办一届星际太空足球锦标赛。"

星际太空足球锦标赛？

这个比赛的名称听上去怎么有点耳熟呢……啊，对了！刚才我在新闻上看到了和此赛事相关的消息！

图像**信息**继续播放着："我们每次筹办锦

一个意料之外的邀请

标赛，都会邀请八个不同的太空种族来争夺**星际杯**。这次我发送这条图像信息给您，也是希望能够正式邀请太空鼠参加我们的第十二届**星际太空足球锦标赛**。比赛将在星际时间两周之后举行。尊敬的太空鼠们，希望你们能够尽快回复，确认是否参赛！来自铵河星系最崇敬的**问候**！"

哔的一声，图像信息自动关闭了，我静静地盯着漆黑一片的**屏幕**。

太空鼠足球队？我摇了摇头。我有那么多事情要忙，哪里还有精力去参加太空足球赛呢？

我决定拒绝他们。事实上，我们太空鼠并没有什么太空足球队。而且，我甚至不知道**太空足球赛**有什么规则！

我尝试寻找那个回复图像信息的按钮，但是

一个意料之外的邀请

我们飞船上的机械工程师茉莉·斯芬妮似乎刚更新过所有房间的显示器，控制盘上只有密密麻麻一片难解的符号！

最后，我总算找到一个看上去像是回复键的按钮，但是当我按下它时，**什么都没有发生**。

然后，我尝试按了另一个按键组合……仍然什么都没有发生！

于是，我又试了一次……还是没有变化！

我吸了一口凉气。没关系，控制室里一定有谁能够帮助我！

你不会踢太空足球？

我刚一走进控制室，我那可爱的小侄子本杰明就激动地向我跑来："太棒了，啫喱*叔叔！太空鼠能进军**太空足球锦标赛**，这是一个多么令鼠振奋的消息啊！"

"可……可是……你是怎么知道的呢？"我吃了一惊，结结巴巴地问他。

"我看到你转发给所有鼠的信息了！"

什么？什么？什么？我顿时有一种**不祥**的

---

*啫喱：是杰罗尼摩的简短昵称。

你不会踢太空足球?

预感……难道说我本来想给星际足球联合会主席回复的信息,因为操作失误而转发给了所有的太空鼠?

本杰明继续说道:"啫喱叔叔,我已经准备好足球队服了!我可以加入代表队伍吗?"

当我正想告诉他,我们连一支太空足球队也没有的时候,本杰明的好朋友潘朵拉走了过来。"我也想参加比赛!我和本杰明是黄金搭档!"潘朵拉说。

面对着两双水汪汪的大眼睛,我感觉自己就像是太阳下的冰激凌一样快要融化了……

大家都知道,我的心肠非常软!

于是,我叹了一口气,然后对孩子们说:"当然,你们一定会加入队伍的!"

本杰明和潘朵拉激动地挽住了我的胳膊说："啫喱叔叔，你是**全银河系**最棒的叔叔了！那你一定会当队长的，对吗？"

我微笑着回答说："亲爱的本杰明，我会陪你们一起去参加比赛，但是我肯定**不会**上场。"

这时，控制室的门**突然**打开了，一个洪亮而熟悉的声音说："我软弱的小孙子，你必须加入这支队伍！"

我的宇宙奶酪呀，坦克鼠爷爷来了！

我急忙打招呼说："**您、您好，爷爷！**这么说你也收到……嗯……邀请了？"

他吼道："我当然收到了你的信息！我之所以大老远来到**这里**，就是为了看看你这支队伍选拔队员的情况！"

选拔队员？我感到一阵**凉意**从胡须尖一直

你不会踢太空足球?

蹿到尾巴尖。

爷爷继续激动地说:"你不会是不想参加比赛吧?星际太空足球锦标赛是一项非常重要的体育盛事,而你作为一位船长,就必须参加比赛!这个比赛可关乎所有太空鼠的荣誉!"

我支支吾吾地说:"是……是的,这确实是一种……荣誉,但是……我……"

爷爷摇了摇头:"我敢打赌你想说你不会踢

咯!

你这个笨蛋孙子!

你不会踢太空足球？

太空足球！"

我犹豫了一下，然后点了点头："呃……是的……确实……"

爷爷叹了口气说："我就知道，我的笨蛋**小孙子！**不过没关系，你还有两个星期的时间去学踢球！"

说着，他又开始得意起来："我当年和你一样大的时候，曾经夺得过太空足球锦标赛的冠军呢！所以，我将会成为这支球队的教练！"

坦克鼠爷爷当教练？这可真是最糟糕的消息，差不多可以和上次跟他一起参加*星际杯网球赛*的情况相提并论了！

"你先把规则记清楚吧，**笨蛋孙子！**"坦克鼠爷爷提醒我，"我已经把文件传到你的个人计算机上了。"

星际百科全书

太空足球

太空足球是一项球类运动,由两支比赛队伍进行对垒,运动员要把球踢进对方的球门,最终进球较多的一队胜出。每支太空足球队由七名队员组成,包括一名守门员、两名后卫、两名中场以及两名前锋。下图是太空足球比赛的场地:

1. 发光的场地边界线
2. 球门以激光影像的形式呈现
3. 利用激光监视器来判定越位

超级涡轮足球

如果有谁能够准确踢中红点,就会触发超级涡轮,令足球直接飞进对方的球门。

机械人裁判

他拥有激光眼,能够360度捕捉到球场上所有球员的动作。

球员招募

第二天**早上**，一阵奇怪的声音把我从睡梦中吵醒，可怜我当时正沉浸在一个**美梦**中：我梦见自己在全星系最大的**书店**里，正在给我的新书举行签名会……啊，我多么希望能够成为一名作家呀！

我就这样**睡眼惺忪**地打开大门，只见"银河之最号"上的鼠们在我的门口排成了一条长龙！难道他们**真的**来买我的新书了吗？不对，等一下，我新书的第一章还没有完成呢！

于是，我转身向**机械鼠管家**问道："管

球员招募

家先生,那么多鼠聚集在我的门口干什么?"

机械鼠管家用冷冰冰的**机械声音**回答:"他们都是来参加**太空足球队**选拔的,船长先生。"

我惊叫起来:"选拔?哪里来的选拔??"

这时,我才注意到房间门口的通道上不知什么时候出现了数十个发光的箭头和指示牌,显示这里就是球队招募的地方。

球员招募

我张大了嘴巴，久久无法合拢……到底是谁把这些东西放到这里的？突然，在鼠群中伸出了一个我认识的鼻子，是赖皮·斯蒂顿。

"你好，表哥！"他看着我窃笑说，"你看到我们有多少个候选鼠了吗？这样一来，很快就能够选出合适的球员了！"

早就应该想到这又是小赖*的杰作！

*小赖：赖皮的昵称。

球员招募

于是，我尖声地回答说："嗯，是啊，确实有很多鼠！但是，我今天在控制室还有很多事情要做，你也知道，作为一名船长……"

小赖得意地笑着说："你今天什么事都不用做！菲已经暂时接替了你的工作！这是坦克鼠爷爷的吩咐，而且也是他叫我组织这次招募选拔的。要是等你来安排的话，我们恐怕还得等上四星际年！"

他在我背上拍了拍，然后继续说道："振作一点，表哥！你终于可以不用再把自己关在房间里写你那又长又沉闷的小说了！"

事已至此，我实在无法反驳了，只好跟小赖以及所有参与选拔的太空鼠一起来到了"银河之最号"上的多功能健身室，来给太空足球队的候选球员做体能测试。我们先从挑选守门员

球员招募

和中场开始，大约两个星际小时之后，我们最终决定由**大胡子·保方**来担任守门员，由**交叉脚**和~~截击鼠~~这对**俏牙兄弟**来担任中场。

接着，小赖说道："接下来我们需要选择前锋！我们还需要鼠来担任本杰明和潘朵拉的替补球员。"

看球！

球员招募

前锋候选者逐一进行射球测试，可是场面竟变得一片狼藉，真是一场灾难！最终，我们得到了以下结果：

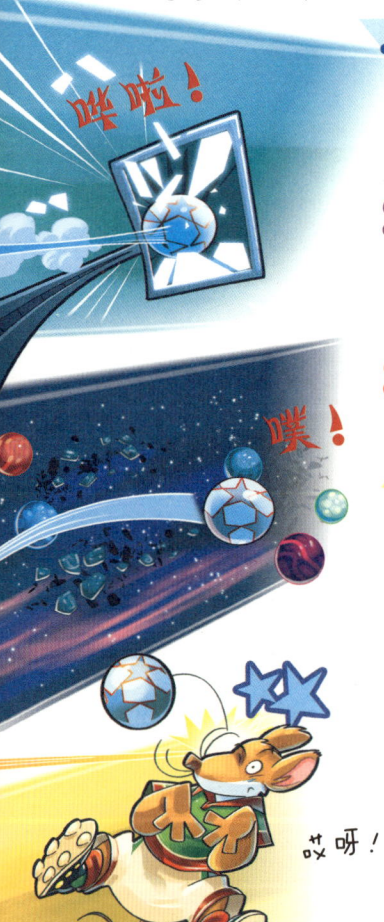

1. 一块等离子显示屏被足球击中，裂成了**碎片**！

2. 一记劲射令足球直飞入太空中**不见了踪影**！

3. 另一个足球向我**直飞**而来，并砸中了我的脑袋！

小赖以**严肃**的口吻说："不行，不行，这样看来，想选出前锋只有一个办法了！"我毛发直竖，不禁打了一个**寒颤**：这次他又想到了什么主意呢？

哗啦！

噗！

哎呀！

他继续说:"我们可以去吃上一顿美味的天狼星奶酪火锅!等我们肚子填饱之后,就能够更好地选出合适的球员了!"

这个建议也不错,至少不是什么鬼点子,我总算是松了一口气。于是,我们一起来到了飞船上咔嗞大厨的餐厅,他笑着前来迎接我们:"这不是我们的足球队员嘛!我为你们特别准备了一道富含蛋白质的菜:水煮蓝海藻!"

我和小赖一起抗议道:"我们要奶酪火锅!"咔嗞却严肃地看着我俩说:"不行!你们必须依照运动员的标准饮食餐单进餐!这是你们的教练——坦克鼠爷爷下达的命令!"

为你们特制的水煮蓝海藻!

跳跃，冲刺，射门！

第二天本应是太空足球训练的第一天，但是我们仍然没有找到替补球员，幸好我们凑够了七个上场球员，刚好能够组成**队伍**参赛。这七个球员包括了我、小赖、潘朵拉、本杰明、大胡子·保方和俏牙兄弟。

于是，这天早上，我醒来之后便准备前往**健身室**。

机械鼠管家将衣服递给了我，但是……似乎有哪里不太对劲！

"这件不是我的**健身运动服**！"我说道。

跳跃，冲刺，射门！

机械鼠管家解释说："是的，不过这件是您踢球时需要穿的球衣，船长先生。"

我叹了一口气，**放弃了**抗争，并乖乖穿上了衣服。接着，机械鼠管家对我说："船长先生，太空的士已经等着准备将您送往训练场了，您已经**迟到了！**"

说完，机械鼠管家帮我将尾巴从球衣里拉出

星际百科全书

太空足球服（时尚篇）

- 高强度保暖球衣
- 防抽筋短裤
- 弹力球鞋

跳跃，冲刺，射门！

来，然后将我塞进了太空的士。我才刚坐定，的士便一溜烟地飞驰而去。

球场上，其他队友们已经开始跑步操练了。在这里，我竟然还看见了飞船上最有魅力的技术工程师——茉莉·斯芬妮，她自愿担任我们的替补球员。

我看着她，不禁呆住了！

这时，一个冷冰冰的机械声将我拉回了现实中："船长先生，您迟到了！请立即开始跑步！快点，快点，快点！！！"

"机械人提克斯！你在这里干什么？"

"他是我的助手，笨蛋孙子！"坦克鼠爷爷用他那洪亮的声音回答道，

队伍阵型

杰尼·斯蒂顿（后卫）
赖皮·斯蒂顿（后卫）
本杰明·斯蒂顿（前锋）
潘朵拉·华之鼠（前锋）
交叉脚·俏牙（中场）
截击鼠·俏牙（中场）
大胡子·保方（守门员）
茉莉·斯芬妮（替补球员）

跳跃，冲刺，射门！

"别再浪费时间抱怨了，听从命令：跑起来，跑起来，跑起来！！！"

我立刻跟上其他鼠开始跑步，但是，当跑过大半圈之后，我的两条腿已经软得和维嘉星奶酪一样了！

然而，训练才刚刚开始，接下来还有跳跃训练、冲刺训练、柔韧训练，以及最后的射门训练！

看我的——防守！

恩……球呢？

跳跃，冲刺，射门！

这时，机械人提克斯宣布："现在我们开始传球和射门的练习。"

在我**笨手笨脚**地射过几次门之后，本杰明走近我，并且给我示范了应该怎样踢足球。看过示范后，我加了个助跑，准备来一记漂亮的**射门**，我可不想让我的小侄子**失望**！事实证明，这次我确实用尽**全力**踢中了球，只见足球高高地飞起……然后竟越过了球门和围栏，落到场外去了！

新的前锋

本杰明拍着手说:"做得好,叔叔!这次至少你踢中球了!"

机械人提克斯却咕哝道:"天知道这球飞到哪里去了!现在我不得不出去找球了!"

话音刚落,一个火红的球突然飞回场内,径直射入了球门!

新的前锋

"**我的宇宙奶酪啊！**"我失声惊呼道,"是谁的射门如此强劲？"

本杰明叫了起来："这是**超级涡轮**射门！"

"超级……什么？"

"在太空足球上，有一个特别的**触点**，如果球员能够踢中的话，足球将会以双倍的**力量**和速度飞向球门，并且直接破门得分！但是，只有少数的冠军球员能够做得到。"本杰明向大家解释道。小赖赶紧跑到围栏外面，只见一个年轻鼠正在挥手向我们致意。

"嗨！你叫什么名字？"小赖问道。

小老鼠回答说："**小雄狮**,小雄狮·托佩希！"

"我叫里格莉亚，我是他妈妈。"站在小老鼠身后的一个女鼠介绍说。

"您的孩子在太空足球方面很有天赋啊！"

新的前锋

小赖兴奋地上前说。

"是的,他球踢得**还不错**……不过读书方面就不行了!"这位妈妈**看着**儿子小雄狮,有些责怪地回答。

坦克鼠爷爷走上前来问道:"太太,您可以让您的儿子留下来和我们一起练习**射门**吗?"

"恐怕不行,我们现在要去……"里格莉亚想要推辞,小雄狮却央求道:"**妈妈,求求你?**!就一会儿!"

"那……好吧!我现在去给家里的清洁**机械人**买一些零件,不过等我回到这里的时候,我们就要立刻回家!"里格莉亚说。

小雄狮露出灿烂的笑容,并答应妈妈他一定会表现得

很乖。

"小雄狮，你是一个很棒的球员！"坦克鼠爷爷说。

时间过得很快。小雄狮踢得正起劲，突然，不远处传来了里格莉亚的声音："小——雄——狮——"

孩子的妈妈已经回来了。

爷爷走到小雄狮妈妈的身边说："我们想邀请您的孩子加入太空鼠足球队，我们正在备战星际太空足球锦标赛，而他正是我们所需要的前锋！"

新的前锋

"这可不行！小雄狮还要学习机械人学科*，完成一堆**作业**呢。"

里格莉亚正要拉着小雄狮离开，我突然想到了一个**绝妙的主意**，便立刻上前说："太太，请等等。我是杰尼·斯蒂顿，是这艘飞船的船长。如果您愿意让小雄狮留下来和我们一起练习的话，我保证在比赛结束之后，让我们飞船上的技术总工程师**茉莉·斯芬妮**给他单独教授机械人学科的知识。"

"嗯……这位茉莉女士的技术水平可靠吗？"

"她是我们飞船上……不，是整个星系……不，是整个宇宙中**最厉害**的工程师！"

终于，里格莉亚的脸上露出了笑容："如果是这样的话，那好吧！"

---

*机械人学科：是一门主要学习如何制造机械人，并为它们编写程序的学科。

准备出发!

在连续两周的时间里，我们不停地进行高强度训练，**真是把我累坏了!**

不管怎样，我们至少看上去像是一支真正的球队了。当然，坦克鼠爷爷还是经常为了我的失误而**大呼小叫**……幸运的是，我们的队伍里有小雄狮，他经常能有**冠军**级球员的表现!

在出发参加太空足球锦标赛的那天，菲负责驾驶探索小艇，将我们送到**球场星**去。看起来，整个球队似乎都已经准备就绪了，可是……我们的厨师**咔嗞**怎么也在这里呢?

"难道你也要一起来吗?"我疑惑地问他。

"当然啦,你们需要我的海藻汤!这可是每个运动员都梦寐以求的均衡营养食物!"

小赖将我拉到一边偷偷对我说:"不用担心,表哥,我的袋子里已经塞满了各种奶酪!"

说起袋子……我那个装满衣服的行李袋放到哪里去了?

"我的宇宙奶酪呀,我忘记带我的行李袋了!我可不能这样出发!"我大声叫道。

坦克鼠爷爷用他那锐利的眼神扫视了我一眼:"笨蛋孙子!要不是你身为队长,我一定会把你留在这儿!"

就在我转身准备跑向房间时,机械鼠管家正好拿着我的行李袋飞奔过来——

砰!

准备出发！

我们两个撞了个正着，我的行李袋被撞飞到半空中，袋子里的东西被撞得散落一地！

于是，在场的所有鼠都看见我那件印满奶酪图案的睡衣，还有那双能够给我带来好运的黄色袜子……

我的土星光环呀！
真丢脸！

哗啦！

啊！

到达球场星！

"快看,这就是球场星了!"本杰明兴奋地指着窗外宣布。

我望向窗外,看见了一颗像足球一样的行星!

我打算查查关于球场星上居住的七爪人的资料,才刚打开星际百科全书,就听到广播里传来了七爪人的指令:"欢迎你们,太空鼠!你们可以停靠在第158号区域!"

"收到!"菲回答道,然后转向我们,"请大家系上安全带!我们准备着陆了!"

星际百科全书
七爪人

这种外星生物是**球场星上**的居民，也是星际太空足球锦标赛历年的冠军。他们有一种绝技 | 旋风爪，能够以非常强劲的力量进行射门。他们的队员**在训练时，一般会同时使用七个足球**！

  不一会儿，探索小艇就**降落**在行星上，我们依次走出探索小艇。

  菲把我们顺利送达球场星之后，就立刻起飞返回"银河之最号"。

  在球场星上，有一群**七爪人**举着欢迎的横幅和旗帜前来迎接我们。

哇!

欢迎来到球场星!

欢迎到来!

到达球场星!

那位在两周之前给我发送**图像信息**的七爪人来到了我的面前:"我以七爪人的名义欢迎你们来到球场星。**很高兴**太空鼠们接受我们的邀请!"

接着,我们一同步行前往下榻的酒店。

穿越人群时,茉莉被一个身材高大的外星人**推撞**了一下,而他完全没有表示歉意便离开了。

他实在是**太粗鲁**了!我必须出言提醒!于是,我走近他,鼓起勇气说:

"外星人先

到达球场星!

生,请立刻向茉莉小姐道歉!"

那个外星人严肃地看了我一眼,随即在我面前大笑起来,害得我差点被他的口臭熏得晕过去。

笑过之后,那外星人说:"记住,小老鼠,**鳄鱼人**从不道歉!"

说完,他趾高气扬地转身离去。

等我回过神来之后,**机械人提克斯**走近我解释道:"那些是鳄鱼人,他们也组队来参加这次锦标赛,他们可是难缠的对手!"

"特别是当他们对着你**呼气**的时候!"小赖笑着补充说。

我可半点没觉得好笑,我认为那些外星人看上去是**非常危险的对手!**

在那之后,我一直沉浸在自己的思绪中,完

到达球场星!

全没有意识到我们已经到达下榻的酒店。坦克鼠爷爷已经分配好了**房间**,而我被安排跟小赖同住一间屋子……唉,惨了,要知道,他在太空鼠里可是以**惊天动地的呼噜声**而闻名!

星际百科全书

鳄鱼人

这种外星生物生活在混沌星上,因生性凶残且行为粗鲁而闻名。在球场上,他们常常使用犯规的手段和粗暴的踢法来震慑对手。

太空鼠登场！

这天晚上，我被小赖的呼噜声吵得**一整夜**不能入睡。而第二天一大早，机械人提克斯就过来召唤我们，准备参加第一场对战黏液人的比赛。这时，所有太空鼠都显得跃跃欲试，除了我……

突然，我听到了一个熟悉的声音，准确点说是一声大喊——是坦克鼠爷爷！爷爷安排自己住在位于酒店112楼的豪华套房，经过一晚的休息之后，今天他**显得**格外精神！

"**怎么样？小孙子，你准备好了吗？**要是你让我丢脸的话，我可是会把你丢在这里的哦！"

太空鼠登场!

"当……当然,爷爷!"我结结巴巴地回答。正在这时,茉莉用她那甜美的声音说道:"马克斯·坦克鼠上将,船长先生已经进步许多了,我相信他一定会好好表现的!"

茉莉是在夸奖我吗?当然,这里没有其他船长了!

我顿时感到有些飘飘然。等我回过神来的时候,已经下定了决心:这次绝对不能在茉莉面前丢脸!

我们慢慢走近球场,只听到一阵阵嗡嗡声越来越响,越来越响,最后竟然震耳欲聋……直到我们来到了球场,才发现那是欢呼声。这里的欢呼声几乎要把我们掀倒!

太空鼠登场！

在围绕球场的七个环形看台上，挤满了形形色色的外星生物。

本杰明兴奋地抱住我叫道："哇！哇！"

我咽了一口唾沫——我觉得自己的喉咙比月球沙漠还干涸！我没想到在比赛的时候，会有成千上万只眼睛看着我们（事实上，有些外星人的脑袋上长着一打眼睛，所以数量可能会更多）！走进球场之后，我试图将注意力全部集中到对我来说最重要的那一双眼睛上，那是茉莉的双眼！

这场比赛由我、茉莉（啊，真棒啊！）、本杰明、小雄狮、俏牙兄弟和大胡子·保方组成一队出战。

我一直沉醉在自己的思绪中，甚至都没有意识到比赛已经开始！等我反应过来时，发现不知太空鼠登场！

是谁把球传给了我！这时，对方**黏液人**的一个前锋迅速从我的双腿之间抢走了球，滑向我们的球门，然后一脚射门，成功得分！

真是**太丢人**了……比赛才开始连一分钟都不到啊！坦克鼠爷爷恨铁不成钢地冲着场内喊道："**笨蛋孙子！快醒醒吧！**"

我决定弥补自己的过失！重新开球之后，我迅速带球向前推进，正在此时，三个**黏液人**同时扑向我进行围攻！

星际百科全书

黏液人

这种外星生物是<u>垃圾行星</u>上的居民，他们非常善于施展金蝉脱壳的技能，利用灵活的走位技术摆脱对手。他们的对手要小心他们跑过时留在场地上那滑滑的<u>黏液</u>。

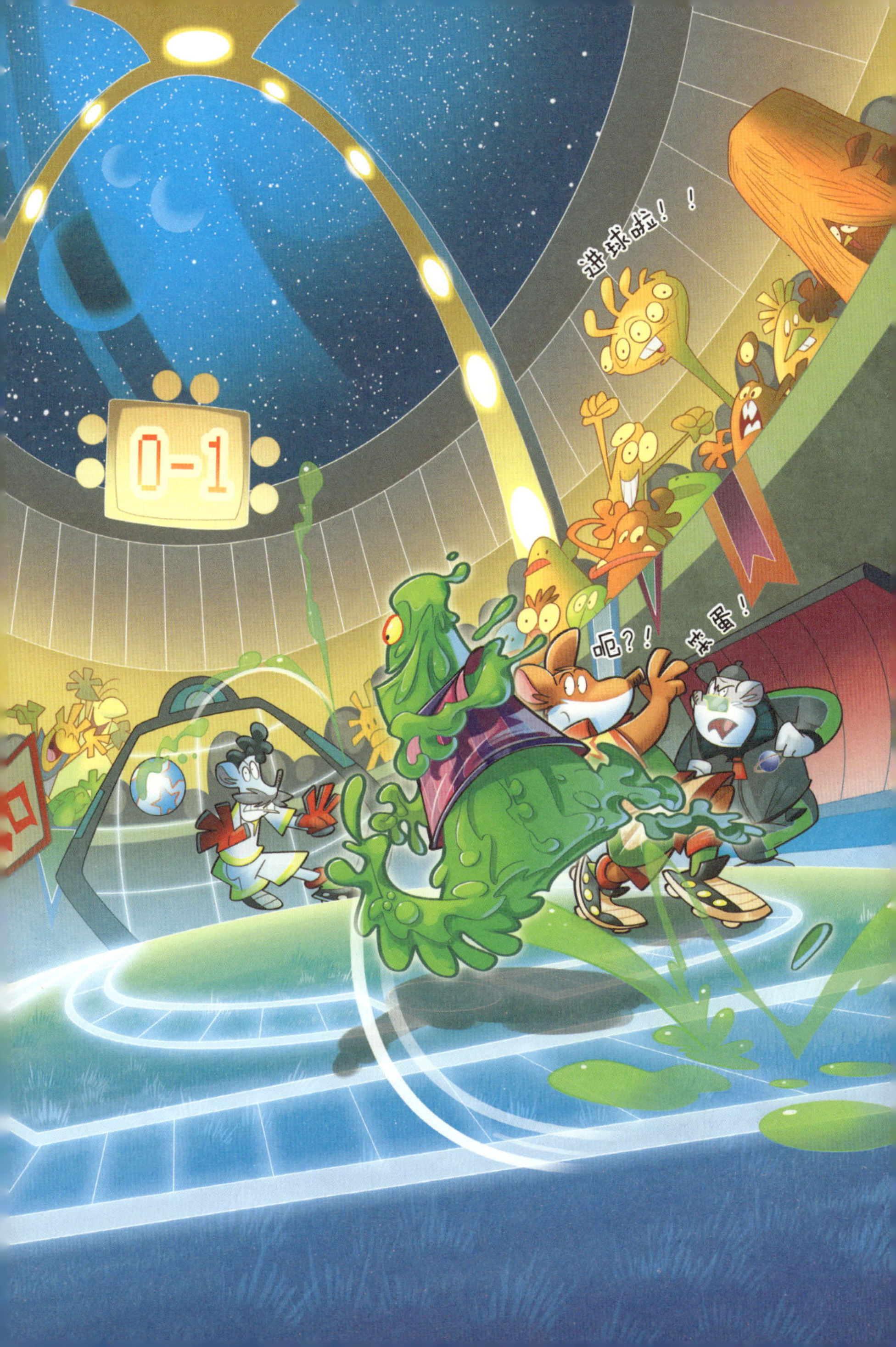
0-1
进球啦！！
呃？！
笨蛋！

太空鼠登场！

我吓了一跳，用尽力气将球向前踢出。球弹地之后划出一道非常奇怪的弧线，茉莉不等球落地，就直接把它传给小雄狮。小雄狮把握住机会一脚射门，将比分追平：**1比1**！

在接下来的时间里，我们始终保持着平局，直到比赛的最后一分钟，当小雄狮控球时，他将球**铲起**，越过了对方防守球员的头顶，随后踢出了一脚超级涡轮球抽射，将比分改写成**2比1**！

正在此时，裁判吹响了终场哨声——**我们赢啦！**

胜利！！

热情的球迷

当天晚上,比赛结束后,我们大家一起出发到球场星的帕洛尼亚市**散步**。

几分钟之后,在城市的主广场上,我们注意到有一群外星人正在偷偷注视着我们,同时不停地对着我们指指点点。这时,他们中的一个**外星人**手里拿着一个奇怪的物品走近我们,然后开始用一种奇怪的语言和我说话:

"SDHF BFH SGXRD ASAAINF DJF?"

"什么?什么?嗯……提克斯,你可以帮我翻译一下吗?"我问道。

"当然,船长先生!他们说的是波波语,这种语言主要用在……"

热情的球迷

"你只需要告诉我,他们在说些什么呀?"我不得不打断他,因为一旦机械人提克斯开始解释一件事情,就会滔滔不绝,没完没了!

"那个最高的外星人说他们是**太空足球**的球迷,因此他们希望拍一张虚拟成像照片*。"

虚拟成像照片?

从来没有鼠说过希望和我拍虚拟成像照片呢!我激动地答应道:"当然可以!快告诉他没问题!"

"可是,船长先生,他们不是……"

"快点回答,别让他觉得我们没有礼貌!"

"GJTEVKF BJFJHK!"机械人提克斯用波波语向那群外星人说了些什么。

*虚拟成像照片:一种能够在照片上显示出3D影像效果和签名的拍照技术。

呃……船长先生，他们是追随小雄狮来的！

哦……

热情的球迷

我已经摆好姿势，准备拍照了，但是……**等等！**那个说话的外星人怎么将镜头对准了……**小雄狮！**

那个外星人按下了手中一个设备的按钮，他的面前立刻出现了一道**蓝光**。随后，在蓝光中显现出小雄狮的 3D 影像，下面还有他的签名。我在一旁看得目瞪口呆。

机械人提克斯解释说："船长先生，您刚才应该等我**把话说完**，其实那个外星人是希望得到小雄狮·托佩希的照片，而不是您的！"

这下我又**丢脸了**……

我正想开口说些什么，眼

BFJK，小雄狮！*

小雄狮·托佩希

*这句波波语的意思是谢谢你，小雄狮！

热情的球迷

睛的余光突然瞥见了*两个奇怪的身影*。

他们看上去有些眼熟，正躲在阴暗处窥探着我们。不久，本杰明过来呼唤我，催促我们继续游览，而当我再次转头望向那个阴暗处的时候，这两个**神秘的身影**却消失不见了……

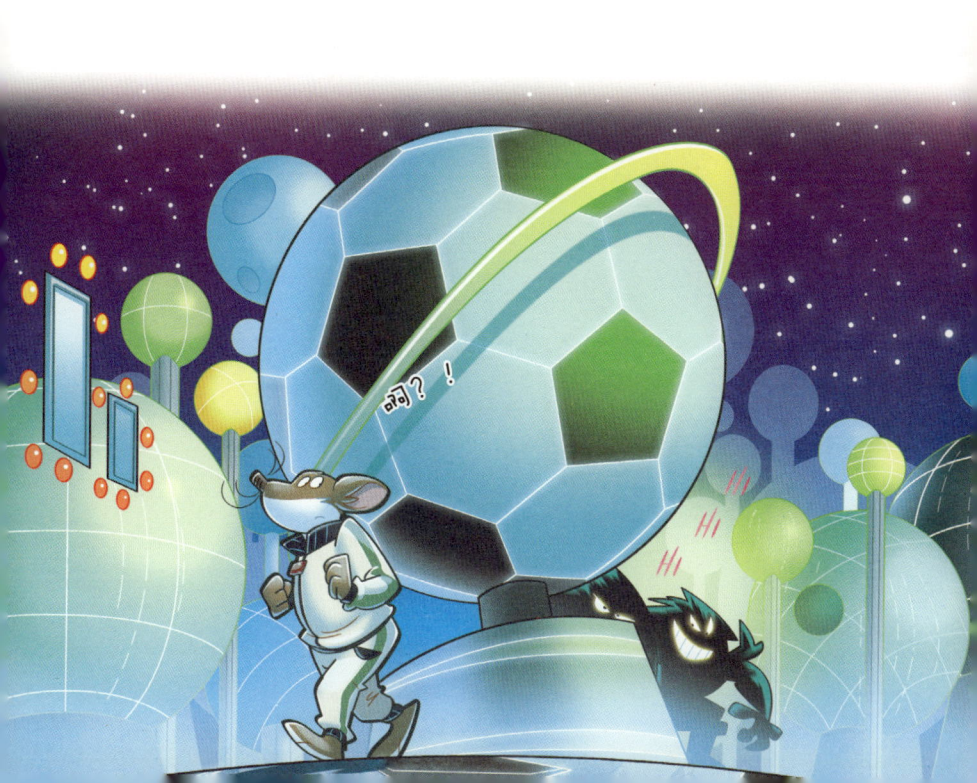

长翅膀的对手

经过一晚上充分的休息,第二天大家已经恢复了状态,充满精力。到达球场之后,我们一起鼓舞士气,希望今天也能够全力以赴,赢得比赛!

就在我们入场后不久,我们的对手——翼人也进场了。他们的身材又高又壮,每个人背后都长着一对翅膀!

"我……我们真……真的要和他们比赛吗?"我结结巴巴地对小赖说。此刻,就连我的胡子也因为害怕而不停地发抖。

长翅膀的对手

"表哥,你该不会被这些翼人吓到了吧?"

小赖有些嘲笑地说完这句话,再也不搭理我,而是直接跑向足球。比赛开始了,我不能再退缩了!这次出场阵容包括我、小赖、茉莉、潘朵拉、小雄狮、交叉脚·俏牙,还有守门员大胡子·保方。

我跑向中场接应正在持球的茉莉,而对方的防守队员正准备截球。

星际百科全书

翼人

这种外星生物是松鸡星的居民,他们身材高大,肌肉发达,非常强壮。虽然太空足球的规则禁止球员做出飞行的动作,但是他们总是试图借助翅膀飞越对手!

长翅膀的对手

我鼓起勇气喊道:"茉莉,传这边!"

茉莉听到了我的声音,用一个优雅的动作将足球传向我。我大踏步地向前奔跑,同时嘴里急切地喊道:"我能接到!我能接到!我能接到……"

但是,我可能是**计算错了**步数,没能接到球,而是一脚**踩在**球上,摔了个四脚朝天!这时,翼人中最强壮的那个球员毫不费劲地将球抢

长翅膀的对手

去，然后张开翅膀飞了起来。

他直接越过了交叉脚·俏牙，到达我方的球门前，正准备起脚射门的时候，机械人裁判吹响了哨声："犯规！球场上的球员不准飞离地面！"

谢天谢地，我们就这样躲过了一劫！

再次开球后，潘朵拉在场上灵活地穿来穿去，并摆脱了两个防守球员。到达球门附近的时候，她将球传给了小雄狮。小雄狮单刀冲锋陷阵，闪过了防守的翼人之后，立刻射门！进球了！1比0！

为了扳平比分，我们的对手开始拼命地进攻，但是始终没能突破我们的防线。

比赛临近结束时，我已经耗尽了体力，跑动起来气喘吁吁。在一次传球时，我再次失误，让一个翼人成功截球，他直接带着球冲向我方的球

长翅膀的对手

门!

我方守门员大胡子·保方严阵以待,**翼人**突然张开翅膀,试图吓退大胡子,但是大胡子**不为所动**,坚守球门,挡下了这次射门。就在此时,机械人裁判**吹响了**比赛结束的哨子。

太空鼠们再次获胜!

"太棒啦!明天我们将对决**橡胶人**,如果再取得胜利的话,我们就可以进决赛了!"小雄狮激动地说道。

橡胶人身材矮小,体型圆滚滚的,看上去甚至有点可爱,一点也**不具侵略性**。我心想,下场比赛应该会比较轻松一些。

然而,我估计错了……

我们是一个团队!

第二天的比赛很快到来了。我怀着轻松的心情走进球场,完全没把那些橡胶人当成对手。

然而,很快我就发现自己忽视了橡胶人的独特能力——**弹跳力**!

在机械人裁判吹响比赛开始的哨子之后,有些橡胶人竟开始变形了!他们缩起了手臂和大腿,

星际百科全书

橡胶人

这种生物是橡胶星上的居民。他们的身体圆滚滚的,柔软有弹性。在球场上,这些橡胶人球员能够轻易从一个角落弹跳到另一个角落,迅速变换位置,把对手弄得晕头转向。

我们是一个团队!

然后一边在地上飞快地滚动,一边互相传球!

就这样,对方以迅雷不及掩耳之势接连攻入两球,取得了 2 比 0 的优势。突如其来的败绩一下子击溃了我们的斗志!

中场休息时,我们回到更衣室,大家都显得垂头丧气。"啫喱叔叔,这次我们要输了,对吗?"本杰明走过来小声问道。

我看着无精打采的队友们,不知道应该说些什么。在经历了两场太空足球赛之后,我开始没那么讨厌这项运动了。不,更确切地说,我已经喜欢上它了!虽然在球场上我要不停地来回奔跑,要面对各种各样可怕的对手,还要时刻注意足球的位置,但是,在这个过程中我逐渐发现:我有一群值得信赖的队友!作为一名队长,现在正是需要我来给队友们打气的时候!

于是,我清了清嗓子说:"本杰明,也许这

我们是一个团队！

次我们会输掉比赛，但这并不是最重要的，最重要的是我们能够全力以赴！同时我希望大家不要忘记，在球场上我们并不是一个鼠在战斗，我们有一群值得信赖的队友可以互相依靠，因为我们是一个团队！这才是我们参加太空足球比赛的真正意义！"

坦克鼠爷爷满意地点了点头。

下半场比赛开始之后，我明显感觉到我们整支队伍的气氛不一样了。大家团结一致，充满了斗志！

最终，我们在下半场比赛中进了三个球：第一球是潘朵拉以头槌顶球入门，第二球由小雄狮施展倒挂金钩入球，第三球则是小赖奋勇的铲射。这场比赛，我们以 **3 比 2** 的分数取得了胜利！没有谁能够阻挡太空鼠足球队在锦标赛中前进的步伐！

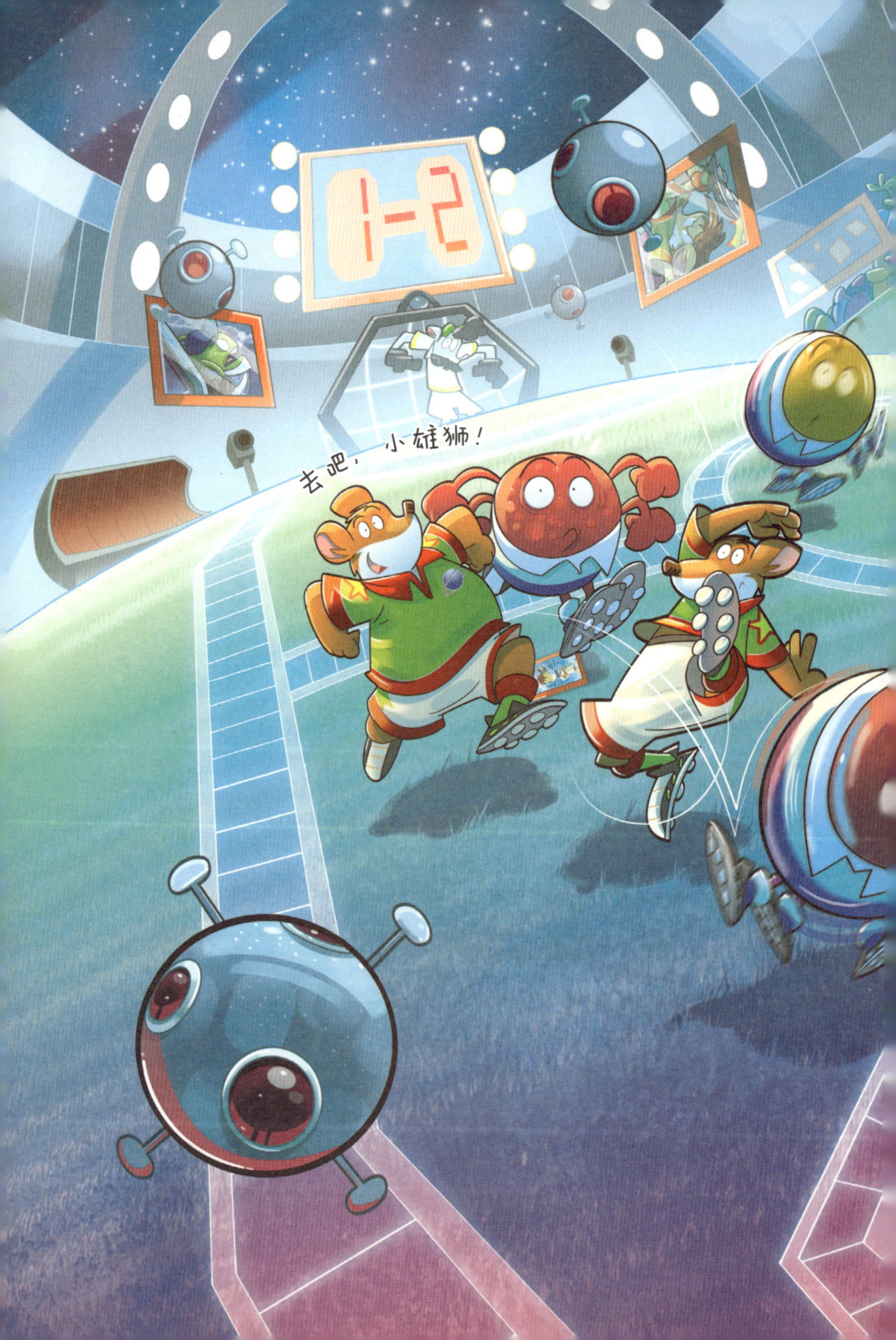

1-2
去吧，小雄狮！

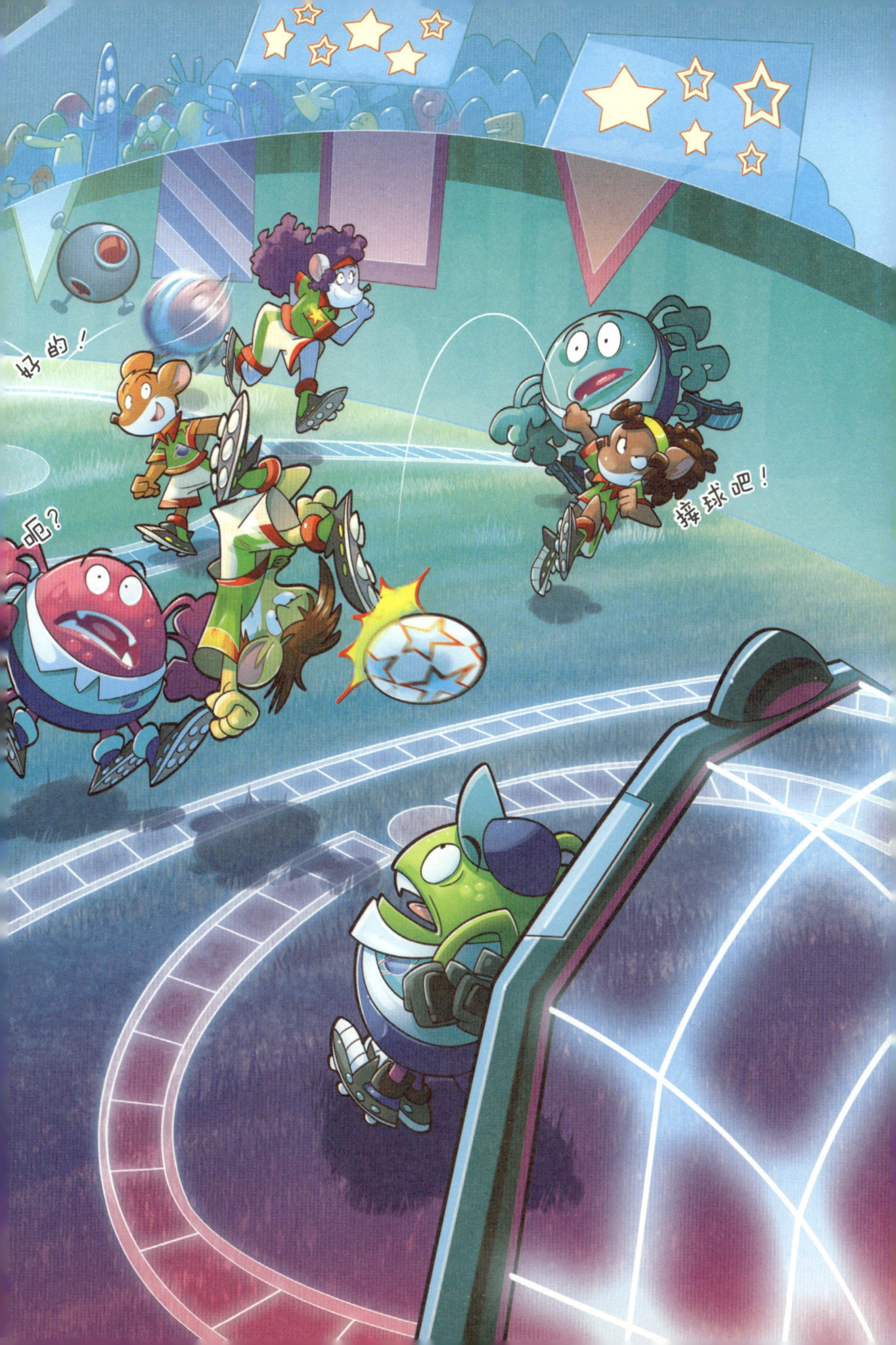
好的！
呃？
接球吧！

一次恶心的会面

当我们正在庆祝这场难以置信的胜利时,我的腕式电话突然响了起来:哔!哔哔!哔哔哔!

那是菲从"银河之最号"上打来的电话,祝贺我们取得了比赛的胜利。她告诉我说飞船上所有太空鼠都看了比赛的直播,大家都在庆祝我们的球队顺利晋级。这一通电话让我顿时充满信心,我已经等不及要参加决赛了!

但是,当我们走出球场的时候,却碰到了最讨厌的外星人——鳄鱼人。原来,鳄鱼人也顺利进入了决赛。只见他们气势汹汹地挡住了我们

一次恶心的会面

的去路，我的心吓得怦怦直跳，但我还是鼓起勇气走上前说："亲爱的鳄鱼人，我是太空鼠足球队的队长，你们……"

"我知道你是谁，我对你们很了解！哈哈哈！"一个鳄鱼人打断我说。他的笑声听起来可不怎么友好。

"啊，是吗？不管怎么说……祝贺你们也成功晋级！我们会在决赛中分出胜负的！"我说。

一次恶心的会面

"分出胜负?决赛当然是我们获胜,你们这些小不点儿们!"鳄鱼人队中那个体形最大的球员回答说。他那浓烈的口臭几乎要把我熏倒了。

"对你们来说,这将会是一场最糟糕的比赛!"那个鳄鱼人继续说道。他的话引来了他的队友们的一阵哄笑。

"真是可怕的生物!"茉莉评论说。

"而且他们的口臭实在令鼠感到恶心!"

"看来决赛将会是一场硬仗啊……那些家伙看上去为了胜利什么事都做得出来!"

鳄鱼人走后,我们的队伍里议论纷纷。

"幸好我们队中还有小雄狮!"小赖说。

一次恶心的会面

小雄狮**骄傲地**回应道:"我才不怕那些**外星人**呢!虽然他们个子大,但是动作缓慢。如果我们能够发挥优势,采取地面进攻的战术,一定能够**击败**他们!"所有鼠都点头表示赞同。

这时,小赖建议说:"不如我们去市区**庆祝一下**今天成功晋级吧,你们觉得怎么样?我找到一个好地方,那里的奶酪奶昔非常美味,而且……"

坦克鼠爷爷的声音突然响起,打破了小赖的幻想:"你们哪儿都不能去,小孙子!明天早上你们要参加决赛前的**公开训练!**所以,你们全部都得回去休息!"

看见没,这就是运动员艰苦的生活……

要不是坦克鼠爷爷提醒,我险些忘记了:想要取胜的话,必须要坚持努力不懈地**训练**!

多事之夜

按照规定,第二天**早上**八点我们应该在球场集合,进行最后一天的赛前训练。

这天早上,随着闹钟在耳边**丁零零**响起,我疲惫地从床上爬了起来。这时,我竟然发现自己头重脚轻,**头痛难忍**。

"可能是我还没完全消化咔嗞昨晚为我们准备的超级蛋白**水果酱**吧……"我对同样刚起床的小赖说。

"我也**头痛得厉害**……也许是昨天的比赛太紧张的缘故吧。"小赖看上去也无精打采的。

我们抓紧时间穿上**球衣**,赶快来到餐厅,只见咔嗞已经准备好了海藻早餐，但是他的**三只眼睛**看来困得快睁不开了。

不一会儿，本杰明也到了，他四处张望，然后说："早安，叔叔……哎哟，今天早上我的**头很痛**呢！小雄狮和你们在一起吗？"

"不，他不在这里。怎么了？"

"我刚才起床的时候，他不在房间里啊！"本杰明有些焦急地说。

"也许他就在这附近呢……我来打电话给他！"说着，我拨通了腕式电话。

哗！哗哗！哗哗哗！

电话那边迟迟没有鼠应答。

"咦？没鼠应答？也许他出去散步了，

相信过一会儿他就会回来的。"我试着安慰我的小侄子。

又过了一会儿，队员们陆续**来到了**餐厅，令鼠疑惑的是，大家都有着相同的头痛症状！我们开始吃早餐，但是始终不见**小雄狮**的身影。我的宇宙奶酪呀，他到底跑到哪里去了？

"他会不会先回房了？"潘朵拉问道。

目前这种情况让我也有点**担心**，于是我陪着潘朵拉和本杰明一起去他们的房间查看。小雄狮并不在房间里，但是他的行李仍在那儿。

我再次尝试用电话联系他。

只听见房间的某个角落里传来了电话的响声：**哔！哔哔！哔哔哔！**

"声音是从这边传出来的……"本杰明走到床边说。突然，他惊呼起来："小雄狮的腕式电

多事之夜

话在床底下！"

紧接着，潘朵拉也喊道："你们看！地上还有**咔嗞**海藻汤的痕迹……一直延伸到了窗边！"

我们来到窗边，这才**注意到**房间的窗户是虚掩着的……

"会不会有谁把他绑架了！"潘朵拉有些害怕地说。

听到这句话，我吓得毛发直竖，一阵**鸡皮疙瘩**从我的背脊一直爬到我的尾巴！

多事之夜

小雄狮现在可能身处险境,而这一切都是我的错!

我觉得自己简直就是历史上**最糟糕的**太空足球队长!

这时,茉莉来到了房间。听了我们对小雄狮的担忧后,她冷静地分析道:"嗯……海藻汤的痕迹一直延伸到窗外,这也许是小雄狮给我们留下的线索,希望我们能够根据这条线索找到他!"

"那我们马上跟着海藻汤的痕迹去寻找小雄狮!"本杰明焦急地提议。

正在这时,我的腕式电话响了,是爷爷的来电!

"小孙子!你们训练迟到了!"

"爷爷,我们这里出现了紧急状况!小

多事之夜

雄狮不见了!"

"什么?你这个超级笨蛋孙子!你连你的队员都照顾不好!赶紧给我把他找回来!"

爷爷说得没错,我真是个超极笨蛋!

现在,继续留在房间里已经没有什么意义了,我们需要立刻找到小雄狮!

想到这里,我立刻向队员们下达命令:"小赖、茉莉,你们跟我一起来,我们顺着海藻汤的痕迹去找出小雄狮的下落!"

"我们也要一起去!"本杰明和潘朵拉齐声喊道。

"不行!这次行动可能会有危险!你们留在这里,我们通过腕式电话保持联系!"

寻找小雄狮

我们一直跟随着海藻汤的痕迹来到了一片小树林，这里的树木长着紫色的叶子。

"你们确定这是咔嗞所煮的海藻？"我捡起地上一块滑溜溜的东西问道。

"当然，表哥！我已经吃了这东西两个星期了，哪怕是闭上眼睛，我也能把它认出来！"小赖恼火地说。

走了一段路之后，地上突然没有了海藻汤的痕迹。

"现在该怎么办？"我问道。

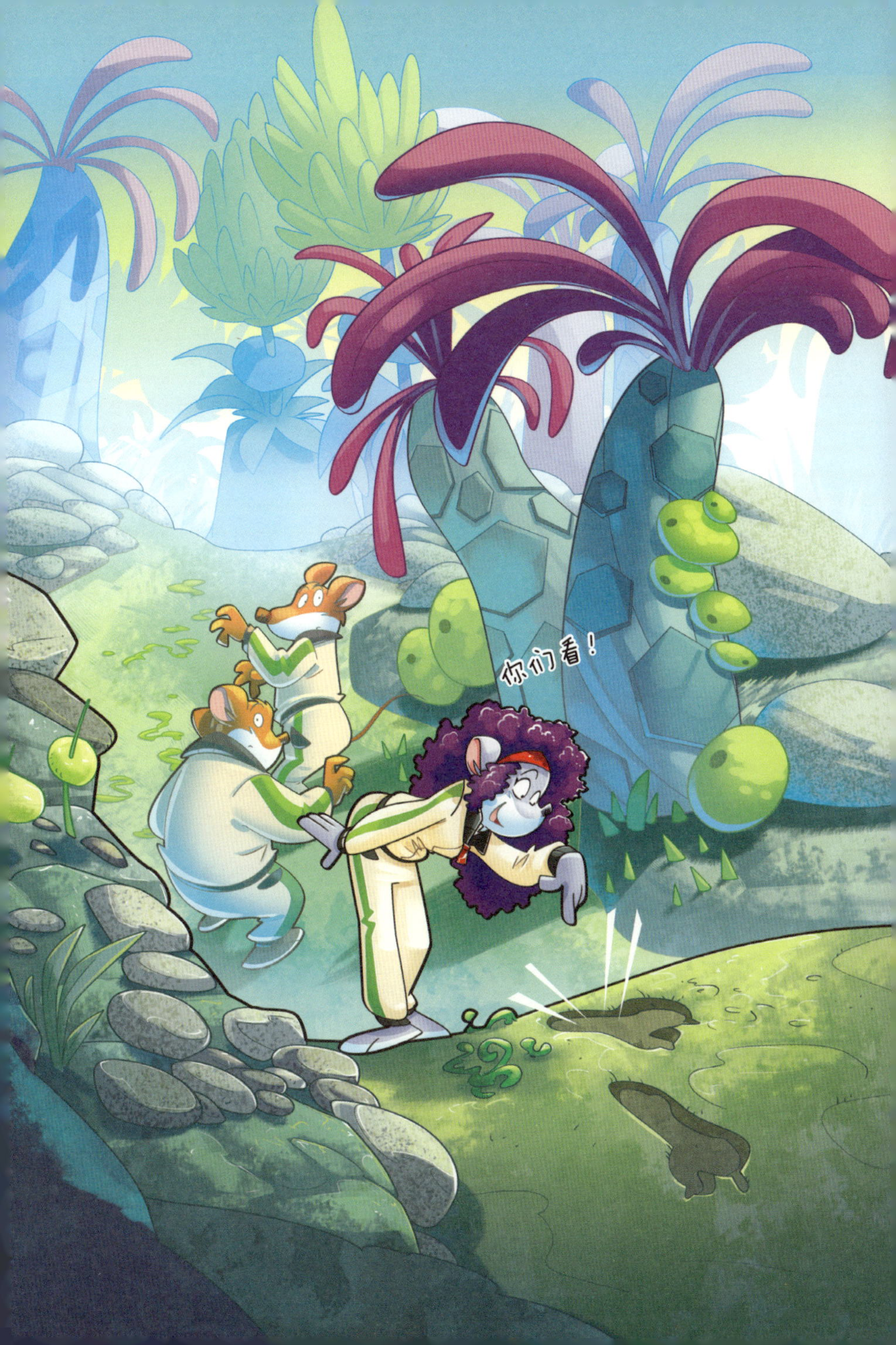
你们看！

寻找小雄狮

"我们可以沿着脚印继续找下去，"茉莉回答，"我发现刚才一路走来，海藻汤的痕迹边上都有一种脚印，就像这个！你们看！"

我们顺着茉莉的手爪看去，果然发现了一行脚印。这些似乎应该是……鳄鱼人留下的脚印！

就这样，我们借助猎物的掩护，悄悄地一路追踪着脚印走，最后来到了一片广阔的空地，空地上停靠着一艘小型宇宙飞船。

我们马上找了一块大石头躲起来，偷偷观察着这艘小型宇宙飞船的动静。

正在此时，两个鳄鱼人从宇宙飞船里有说有笑地走了出来。

"我们在城市里跟踪了这帮笨蛋好几天，一直没有机会下手。这次我们总算赶在决赛前把

那个小家伙捉住了!"其中一个鳄鱼人说。

"谁也不知道我们的口气具有催眠的效果，抓住他实在是太简单了！这下他们在比赛时没有了前锋，就根本不是我们的对手了！"另一个鳄鱼人附和道。

"哈哈哈！等我们把他放走的时候，我们已经成为锦标赛的冠军了！"

原来是鳄鱼人用口气把我们熏倒了!难怪我们所有鼠起床的时候都有**头痛**的症状!

我转身对小赖和茉莉说道:"看来要想把小雄狮救出来,我们得先想办法把鳄鱼人从**宇宙飞船那里引开**!"

"这些家伙是不是觉得我们没有小雄狮就**不能胜过他们?**"小赖生气地说,紧接着又提议道,"我们得让他们瞧瞧太空鼠的厉害!茉莉,跟我来!"

我的表弟想要干什么?

我**并不清楚**小赖打的什么主意,但是我担心他会把事情搞砸!

最后的挑战

小赖吹着口哨来到了两个**鳄鱼人**的面前,他的身后跟着茉莉。

"嗨!"小赖友好地向他们打了一个招呼。

"你们两个小不点儿太空鼠来这里干什么?"两个鳄鱼人警惕地问道。

"哦,没什么,我们正好在这附近散步,碰巧看到了你们的飞船,然后我们就想,为什么不过来问候一下我们明天的对手呢?"

"是啊!你们也知道,我们是很有礼貌的,而且非常遵守公平竞争*的原则!不管怎么说,在体育比赛中,胜利并不是最重要的,而参与和

---

*公平竞争原则:指所有选手在比赛中应有的诚实和守道德的表现,并尊重竞争对手。

最后的挑战

享受比赛的过程才更有意义,对吗?"茉莉补充说。

听了这话,两个鳄鱼人毫无形象地大笑起来:"**哈哈哈!**很有礼貌!**呼呼呼!**公平竞争!**呵呵呵!**享受比赛!"

这时,鳄鱼人足球队的队长比利克斯被外面的动静惊动了,从宇宙飞船里走了出来。

"哦,不!"我心想,"这下麻烦了!"

"你们在这里笑什么?"比利克斯问道。

两个**鳄鱼人**向他报告了情况。比利克斯来到小赖的面前,张开大嘴说道:"小不点儿,对于我们来说胜利**就是一切!**哪怕不惜代价!明白吗?现在你们给我马上离开这里!"

快滚!小老鼠!

最后的挑战

"好的,好的!"小赖的脸都被对方的**口臭**给熏绿了,"明天你们一定会取得胜利的!你知道吗,我们的**前锋**不见了,所以我们连一点点的机会都没有了,你们队实在是太**强大**了……"小赖努力屏气说。

比利克斯打断了他说:"不错,看来你已经知道我们的厉害了!现在,在我生气之前赶紧滚!"

不过,我的表弟似乎并没有马上离开的打算。他的脑袋里到底在想些什么?**我已经被弄糊涂了!**

只听小赖继续说道:"既然你们已经那么强了,能不能给我们展示一下你们高超的球技呢?"

"不用急,明天的决赛中,我们自然会给你们展示一下球技。相信我们的技术会让你们终身难忘!**哈哈哈!**"比利克斯回应道。

最后的挑战

"这样说来你们是打算退缩了?难道这就是所谓的未来的冠军?还是说……你们根本就不会踢?"小赖抓起了身边的一个 足球,然后开始用 脚 爪、头和尾巴控球。

"不就是控球吗?我们当然会啦,小老鼠!卢福斯,给他们展示一下!"比利克斯中了小赖的激将法。

叫卢福斯的鳄鱼人拿起了一个 足 球,然后模仿小赖的动作开始控球。

茉莉冷冰冰地评价道:"嗯……好像还行……

踢球

噗噗噗

花式盘球

最后的挑战

"那这个呢?"

说着,她接过小赖的足球,做出花式盘球的动作。

"这有什么难的,做给她看一下,托克斯!"比利克斯命令道。

随着另一个鳄鱼人开始表演球技,宇宙飞船里的鳄鱼人纷纷好奇地走出来看这场突如其来的挑战。

"嗯,做得还不错……"小赖说,"那如果是这样呢?"

挑球过人

最后的挑战

说着他**做了一个**用后脚跟挑球过人的动作*——用脚跟将球挑过一个**鳄鱼人**的头顶，并绕到他身后接住球。

所有鳄鱼人不约而同地发出了"哦"的一声赞叹，但是很快被比利克斯队长制止了。

"这有何难，看我的！"

比利克斯接过球，开始做这个高难度的动作。这时，茉莉趁着大家不注意，转身向我这里**挤了挤眼睛**，然后朝着飞船的舱门方向指了指。

我的宇宙奶酪呀，现在我总算弄明白了！表弟和茉莉之所以出面挑战鳄鱼人，是为了将太空舱内的鳄鱼人全部吸引出来，让我能够趁机进入宇宙飞船解救小雄狮！

---

*后脚跟挑球过人：球员用脚后跟将球挑起飞越对手的头顶作虚掩，然后越过对方的拦截。

杂耍救援

我偷偷从石头后面跑了出来,在鳄鱼人发现我之前躲进了**宇宙飞船**。

舱门附近并没有小雄狮的踪迹!

中央大厅里也没有!

我一口气搜索了好几个房间,仍没有找到他……**他究竟被关在哪里呢?**

我靠在墙上打算休息一下,不料墙壁**突然**旋转了起来!我脚下一滑,身子向后仰,最后摔倒在一个堆满了**太空**垃圾的房间里。

这一下摔得可不轻,我摸了摸自己的脑袋、脚爪和尾巴,确定我身上的每个部位完好无缺。

这时，我的身后传来了一个惊喜的声音："队长！"

这个声音多么熟悉！我回过头来一看……是**小雄狮**！我们的前锋就这样被关在一张**太空足球**比赛用的激光球网里！

小雄狮看到我之后，立刻兴奋地欢呼起来，就像是来了一记漂亮的**进球**一样！

"我就知道一定会找到你的！"我一边尝试将他放出来，一边问道，"你还好吗？他们有没有对你怎么样？"

"没事，他们只是把我关了起来。"小雄狮回答道。

"很好！那我们赶紧离开这里吧，我担心小赖没有更多的招式继续拖延时间了！"

杂耍救援

正当我们走到门口，准备离开太空舱的时候，我突然听到了一声响动！

我的天哪！ 难道我们被鳄鱼人发现了？

这时，一个孩子的声音传了过来："叔叔，你还好吗？"

我这才松了一口气……原来是我可爱的小侄子本杰明！还有和他一起过来的潘朵拉！

"孩子们，你们怎么会在这里？我不是让你们在自己的房间里休息吗？"

"是的，但是我们觉得你们可能会需要帮助！而且

杂耍救援

爷爷也同意我们来帮忙了!"

我点了点头。"好吧,你们过来!"我拥抱了两个孩子,"现在我们得马上**离开这里**!"

我们偷偷从宇宙飞船里跑了出去,幸运的是,鳄鱼人依然没有注意到我们。当我们再次躲到刚才那块石头的后面时,只见小赖和米克正在做出一系列杂耍般的控球动作。

我摇动了一下身边的一根树枝,试着**引起**他们的注意。小赖看到我和小雄狮之后,故意失去平衡摔倒在地上,引起了鳄鱼人的一阵哄笑。

噗
噗
噗

杂耍救援

"好吧……你们赢了!"小赖说,"**你们实在太强了!**"

"是啊!这样看来,我们在决赛中输给你们的话,也没有什么遗憾了!"茉莉补充道。

"看来你们总算是弄明白了,小老鼠们!我们最终会赢得一切!**哈哈哈!**"比利克斯大笑着回答说。而小赖和茉莉也趁机跑开了。

拯救队员的任务完成!

全力以赴!

不久之后,我们所有鼠再次回到了**市区**。坦克鼠爷爷和其他鼠都在等我们,大家看到我们平安回来,都欣喜若狂。

"*做得好,完美的团队合作!*"爷爷鼓励我们。

"我倒是很想看看比利克斯发现**小雄狮**已经不见了时的表情!"小赖笑着说。

"干得漂亮,孙子!用**足球**来吸引鳄鱼人的注意力实在是一个很棒的主意!"爷爷赞扬小赖说。

然后,他又转向我说:"这次我不得不说,

你似乎没有以前那么笨了……"

这真是让鼠难以置信！爷爷是在夸奖我吗？我简直无法相信自己的耳朵！

接着，他走到小雄狮的身边，慈爱地用手摸了摸他的头："你被抓走以后害怕了吗？"

小雄狮摇了摇头回答说："没有！我相信我的同伴们是不会弃我于不顾的！"

爷爷微笑着说："幸好他们及时找到了你，不然你妈妈肯定会把我们做成仙女座肉丸的！"

我们所有鼠都笑了起来。

你真是一个勇敢的小太空鼠！

全力以赴!

气氛融洽啊……我看着这个场面欣慰地想。这时,机械人提克斯突然像闹钟一样提醒大家:

"跑步训练的时间到了!**所有鼠到运动场集合!所有鼠到运动场集合!所有鼠到运动场集合!**"

爷爷说:"提克斯说的没错,明天就是决赛了,我们需要全力以赴去对抗鳄鱼人!"

所有鼠都斗志昂扬,一同高声欢呼我们的口号:

太空鼠团队上下一心!
太空鼠团队上下一心!

太空鼠团队上下一心！ 太空鼠团队上下一心！

好哇！

最终决赛

第二天早上,我惊魂未定地从梦中醒来!我做了一场噩梦,在梦里,鳄鱼人赢得了最后的决赛,作为奖励,组委会并没有将奖杯发给他们,而是将太空鼠的队长——**也就是我**送给了他们!这样一来,我就不得不和他们一同生活在混沌星上了!要知道,这颗行星的四周可是终年被鳄鱼人嘴里吐出的**臭气包裹着**!天哪!

"杰尼,你刚才在叫喊什么?"小赖翻身从床上**起来**之后问我。

最终决赛

"呃,没什么……我刚才做了一个噩梦!"

"我也做了一个梦,梦到我们最终赢得了锦标赛,而且奖杯是用奶酪造的!"

唉,我的这个表弟呀!我感觉他好像永远也长不大的样子!

吃过早餐后,我们进行了一些简单的热身运动,随后便出发前往比赛场地。决赛的时刻终于要到了!

球场上围着七个环形看台,台上坐着成千上万名观众,大家都急切地盼望着决赛开始。在我们入场的时候,机械人提克斯对我们说:"今天所有的星系都会现场连线,一同实时观看这场比赛!这下你们闻名全宇宙了!"

我紧张地咽了一口唾沫,我们可不能丢脸!

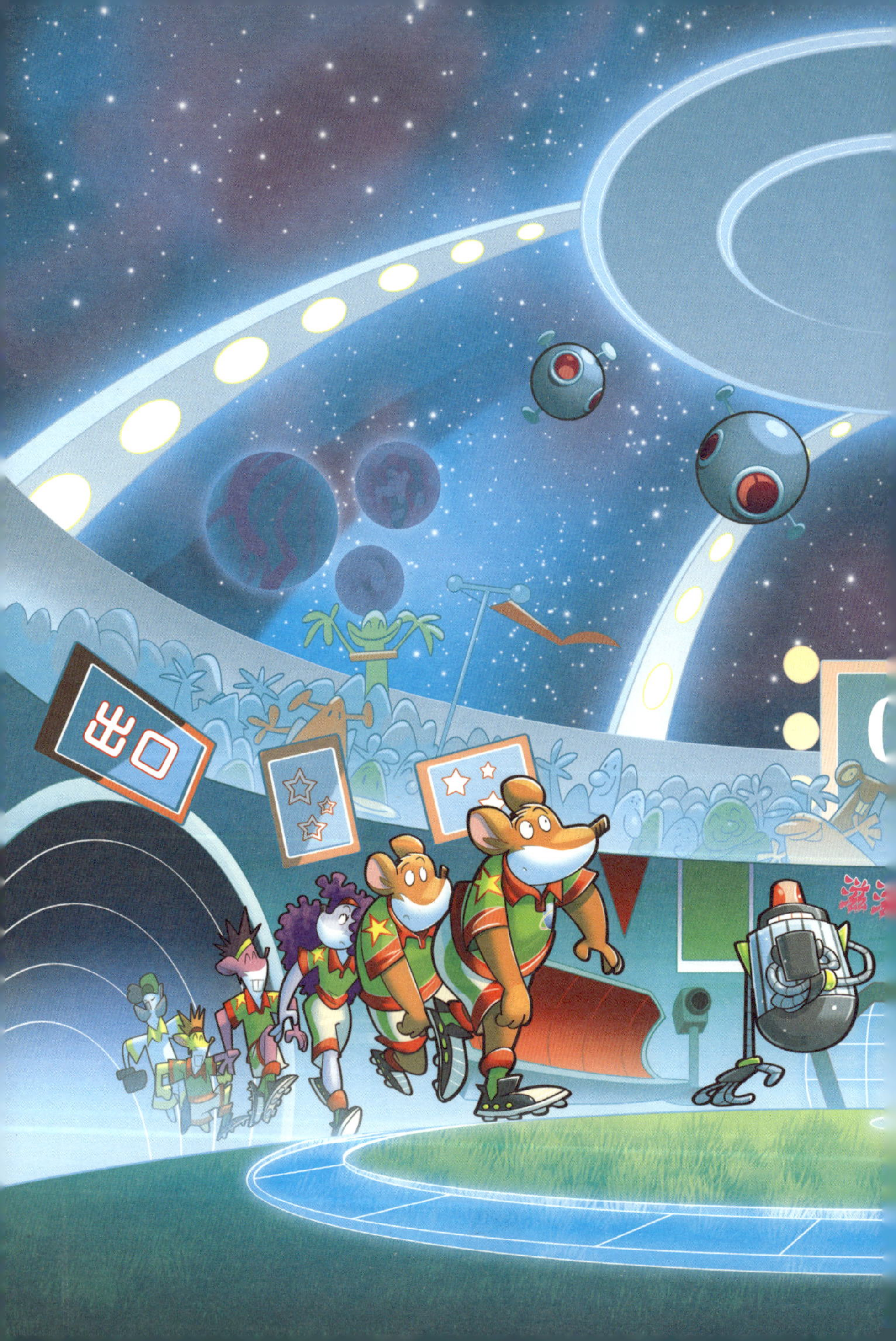
出口

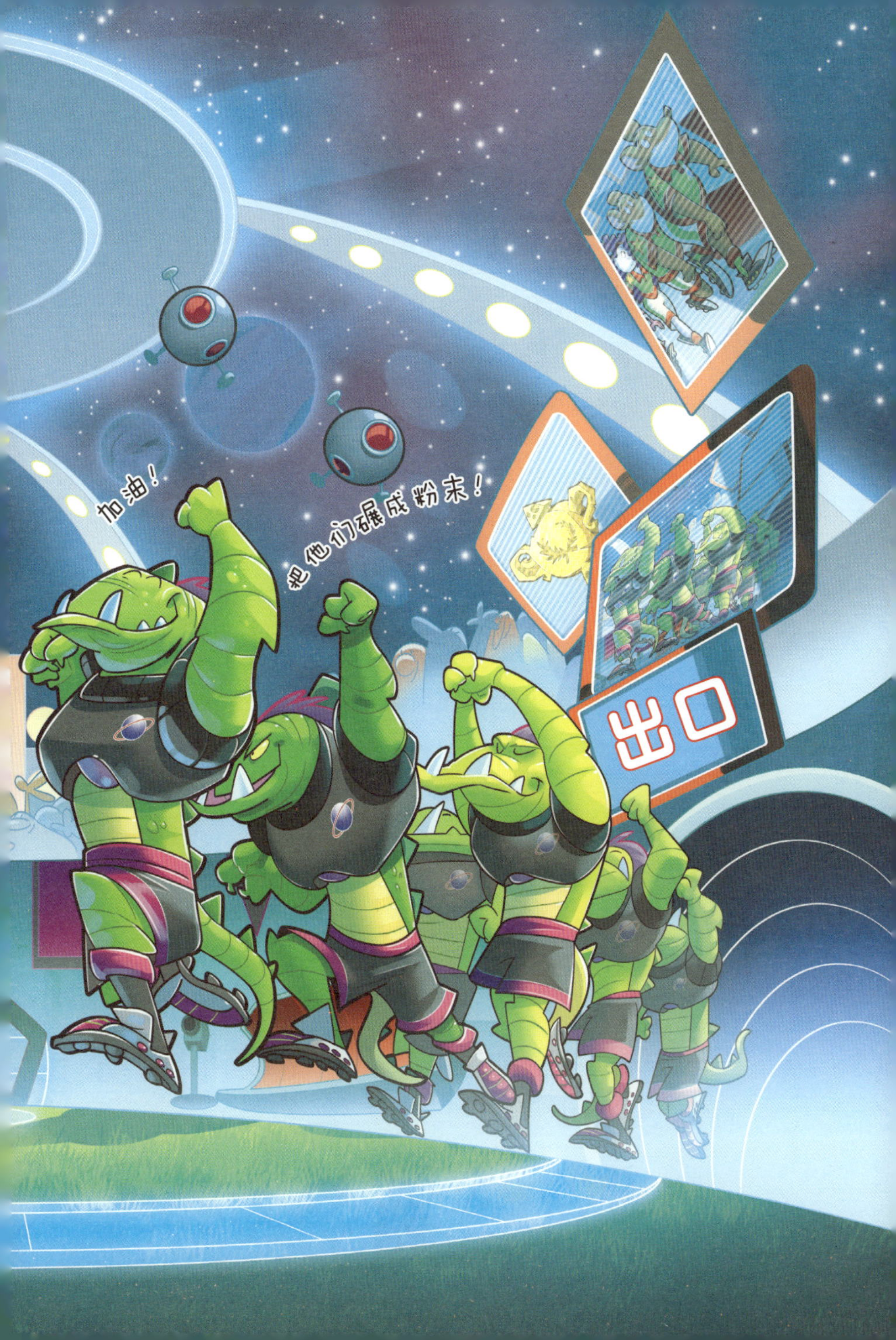
加油！
把他们碾成粉末！
出口

我们走进场地，只见鳄鱼人们**咆哮着气势汹汹**地向我们走来。

当比利克斯见到小雄狮时，他的嘴里发出低沉的嘶嘶声："即使你们找到了这只小老鼠，也没有什么*希望*！我们不会轻易放过你们的！"

小赖轻松地对他说："你说的是哪个星球的语言？我们听不懂！你是说想请我们吃奶酪吗？这倒是个不错的主意，要是奶酪片就更好啦！"

比利克斯不再回应，怒气冲冲地*咆哮着*走开了。

这场决赛，我方出战的队员有：我、茉莉、本杰明、潘朵拉、小赖、小雄狮和大胡子·保方。

不一会儿，机械人裁判吹响了比赛开始的哨子声。在比赛刚开始的**十分钟**里，我们根本就没法好好比赛，因为鳄鱼人不断用推撞和**绊人**的粗鲁方式阻止我们控球。幸好，机械人裁判拥有

最终决赛

360度无死角红外线视线,能够发现每一个犯规的动作。很快,三名故意犯规的鳄鱼人球员就被裁判警告了!

突然,茉莉抢到球,并摆脱了鳄鱼人的贴身防守,迅速向前推进。她将球传给了潘朵拉,潘朵拉立即把球拨传给了本杰明,并绕开了防守球员。我的小侄子面对鳄鱼人的守门员一点也不畏惧,他不假思索地踢出了一脚超级涡轮球

最终决赛

劲射！

进球啦！进球啦！！进球啦！！！
1比0，太空鼠领先！

重新开球之后，我们的对手变得更加激进和**粗暴**。他们的两名队员故意跑到机械人裁判的面前，遮挡他的**视线**，使他无法看见场上发生的一切。

很快，比利克斯就找到了机会，他迅速**接近**我，然后一把将我推开抢走了球，并推进到守门员大胡子·保方的面前。

大胡子·保方看到对方来势汹汹，害怕被打，

最终决赛

吓得躲到球门的一个角落里。

比利克斯准备起脚射门的时候,他的两名队友立刻从机械人裁判的身前闪开,于是,裁判只看到了进球的那一刻,并判定进球有效! **1比1**!

小赖顿时愤怒了!他走到比利克斯身边,对着他喊道:"这球不能算,你们犯规了!"

这个狡猾的外星人笑着回答说:"正是如此,小老鼠!我们就喜欢这样踢球!可是你能拿我们怎么办呢?"

比赛重新开始后,很长时间内双方都未能再攻下一球。

在距离机械人裁判吹响完场哨声还有一分钟的时候,小雄狮接到了小赖的长传球,并在底线上将球控制住。他单刀避过一名鳄鱼人防

守球员，紧接着又避过了第二个球员，正当他准备起脚射门的时候……

砰！ 比利克斯突然伸腿将他绊倒！

哔！！！！！

机械人裁判毫不留情地吹响犯规哨，比利克斯被罚离场，同时我们获得一个罚球的机会！

赢得锦标赛的机会就摆在眼前！

但是，我们最强的 前锋 球员却在此时捧着一只脚倒地不起！

机械人医护人员很快进场，把小雄狮带到场外进行治疗。幸好他只是腿上的肌肉有些肿，并无大碍。

但是我们现在面临一个艰巨的问题：**由谁来主罚这一个决定性的十二码罚球？**

上吧，啫喱！

亲爱的老鼠朋友们，要知道，在一场星际太空足球锦标赛的决赛中主射**十二码罚球**可不是一件轻松的事。在这**紧要关头**，我害怕得浑身发抖，根本不敢去想担当主罚的事！

但是，这时小赖却坚定地说："应该由你来主罚，杰尼！"

"*我……我？*可是这个十二码罚球实在是太重要了，而且我还不能……"我结结巴巴地说。

茉莉也在一边坚持说："*作为队长，你应该去主罚这个球！*"

我的小侄子本杰明也附和说："叔叔，记住我在训练时是怎样教你的：如果你能够踢中球上上吧，啫喱！

的红点，就一定能够**进球**！你可以做到的！"

我自己也不确定是否能够做到，但是我知道作为一名队长，需要承担自己的责任……而现在就是我**承担责任**的时刻！

我咕咚咽下了一口唾沫，再深深地呼了一口气，然后颤抖着走向足球。

我看了一眼足球上的那个红点，又望了望那个几乎挡住了半边球门的**鳄鱼人**守门员，然后……

哔！！！！！

机械人裁判吹响了罚球的哨子。我的宇宙奶酪呀！真的是我来主罚！可是等等，我还没有决定把球射向哪边呢！**右边？左边？**还是**中间？**

118

上吧，啫喱！

有些时候最好心里别想太多……于是，我开始助跑，闭上眼睛，用尽全力踢向足球……

咻———！

足球划过了一道红色的弧线，如同火箭一般直飞进球网，只留下守门员站在球门前目瞪口呆。

进球啦！进球啦！！进球啦！！！

我成功了！我踢中了红点，射出一记超级涡轮球！

我们胜利啦！

奠定胜局的一球

1. 助跑；
2. 闭上眼睛起脚抽射；
3. 超级涡轮球破门！

队长！举起奖杯吧！

你们也许能够想到，那些**鳄鱼人**在输掉比赛之后有多么愤愤不平！

当我们准备**退场**的时候，比利克斯挡在我的面前，对着我愤怒地吼道："**小老鼠**，虽然这次你们赢了，但是别得意，下次我们还会再见的！"

我这次已经学会了怎样在他说话时**屏住呼吸**，这样就不会被他的**口臭**熏晕过去。我坚定地回答说："当然，我们很期待你们的复仇之战！"

他和其他鳄鱼人就这样**气呼呼**地离开了。而我们

我们一定会再见的！

队长！举起奖杯吧！

则最终站上了颁奖台，在球场的大型电视屏幕上出现了我们所有鼠的身影……现在我特别享受这种被全宇宙注视的感觉！

星际足球联合会主席大声说："现在，我宣布太空鼠足球队获得了星际太空足球锦标赛的冠军！"

当主席亲自把奖杯交到我手爪上的时候，看台上的观众发出了震天的欢呼声。

全场都在看着我……而我似乎应该做些什么……可是我到底该做什么呢？

幸好，有爷爷在旁边提示我："笨蛋孙子，你应该将奖杯高高举起！"

"啊……是，好的！"

当我一下子将奖杯举过头顶的时候，天空中

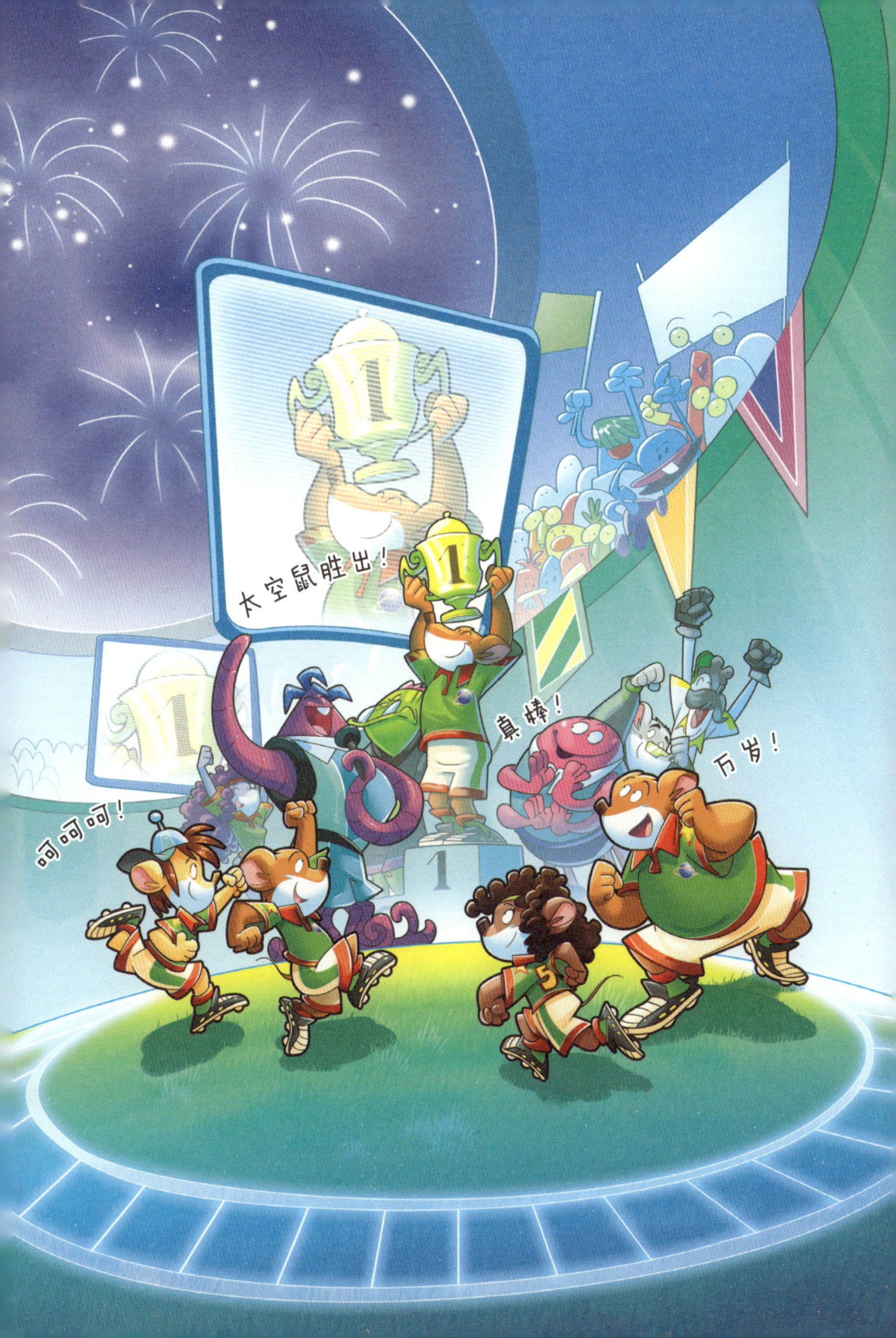
太空鼠胜出！
真棒！
万岁！
呵呵呵！

队长！举起奖杯吧！

绽放了 美丽的烟花！而我被这突如其来的 惊喜 吓了一跳！

我因突然受了惊吓而失去了平衡，而奖杯也从我的手爪上滑落下来……正好掉在了主席先生的脚上！这下，我让 所有星系 的外星生物都见笑了！

不过，狂欢已经结束，也许我们是时候 回到 "银河之最号"上去了，你觉得呢？

欢迎回来，冠军们！

菲亲自到球场星来接我们返回"**银河之最号**"。在返途中，她对我们说："我想你们一定是累了，希望回去之后好好休息一下，因此我已经吩咐了鼠把你们的房间整理好，并且关照了不要来打扰你们！"

但奇怪的是，菲在说话的时候，似乎强忍着笑意，并且不时向坦克鼠爷爷眨眼睛……

不管怎么说，我还是要感谢她，我已经迫不及待想回去睡个好觉，好好休息一下了！

探索小艇降落到"银河之最号"上，我们从座位上站起来，准备相互道别。当舱门打开的时候，欢迎回来，冠军们!

只见所有的太空鼠船员们齐集在外面，等候着迎接我们!

大家齐声高呼:"欢迎回来!冠军们!"

我惊喜地望向菲，只见她对我眨了眨眼，我这才明白，原来她为我们准备了这个惊喜……

我决定将休息的想法暂时放到一边，先跟大家一起庆祝一番，毕竟我不是每天都能做个冠军队长!

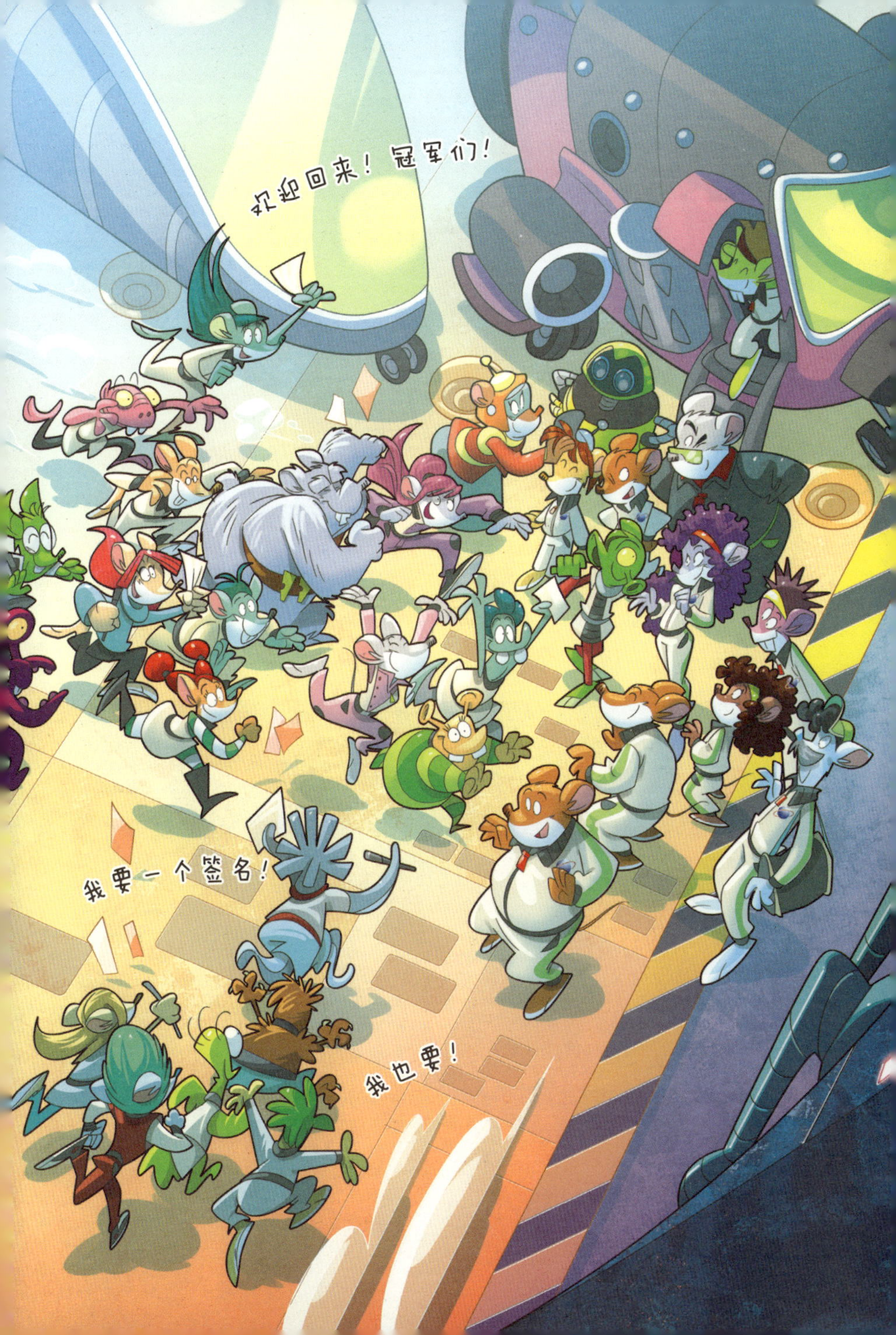
欢迎回来！冠军们！
我要一个签名！
我也要！

宇宙探险笔记

部分外星探险的信息需要你来补充哦！

外星探险档案 I

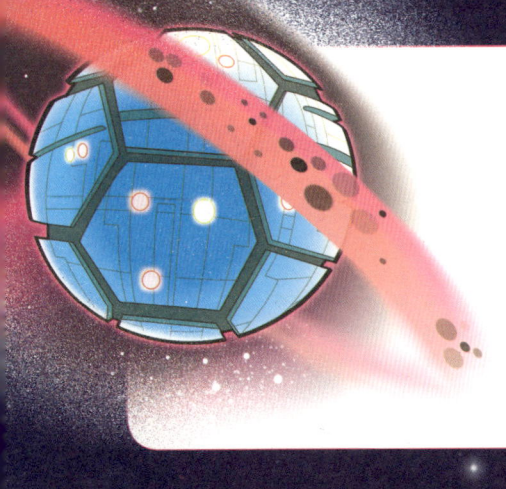

球场星

环境：

原住民：
探险目的：
危险程度：☆ ☆ ☆ ☆ ☆
探险日志：

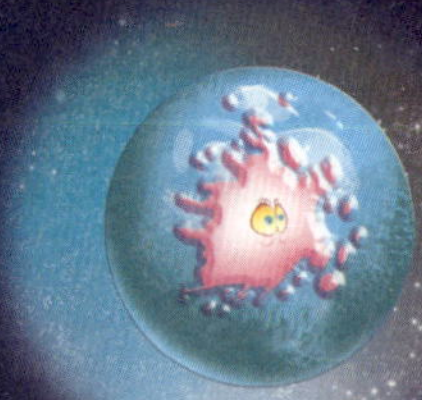

果冻星

环境：怪石嶙峋，有一片粉红色的大湖

原住民：果冻怪
探险目的：寻找星际能源电池
危险程度：★★★★☆
探险日志：详见《果冻侵略者》

极地星

环境：被冰雪覆盖，超级寒冷

原住民：嘭嘭
探险目的：搜索失踪的科学家
危险程度：★★★☆☆
探险日志：详见《极地星拯救任务》

欢迎在下面空白处加上你的新发现！

侏罗星

环境： 表面为岩石，土地十分贫瘠

原 住 民： 宇宙恐龙
探险目的： 拯救宇宙恐龙
危险程度： ★★★☆☆
探险日志： 详见《恐龙星历险记》

光之星

环境： 形状似礼物盒，长满颜色鲜艳的植物

原 住 民： 精灵人
探险目的： 找到被绑架的精灵人
危险程度： ★★★☆☆
探险日志： 详见《星际舞会魔法夜》

环境：

原 住 民：
探险目的：
危险程度： ☆☆☆☆☆
探险日志：

环境：

原 住 民：
探险目的：
危险程度： ☆☆☆☆☆
探险日志：

太空鼠船员专属百科

1 举办太空足球锦标赛的球场星长得真奇怪啊！其实，太空中还有一些星球，比球场星更奇怪！一起来看看吧！

"钻石星球"：如果一颗星球上面全是闪亮的钻石，那会是什么样子？天文学家发现了一颗恒星一直保持着水晶状态，就像表面布满了钻石。这颗星球被**官方命名为"55 Cancrie"**，它距离我们的地球大概有 50 光年，想要到这颗星球参观，只能等科技更发达的未来了。

"热冰星球"：在地球上，冰在高于 0 摄氏度的时候就会融化成水，但是在 Gliese 436b 星球上，却存在着**"热冰"**。这颗巨大的星球大约与海王星大小相当，围绕着一颗红矮星运转。星球上的**强引力**使水处于奇特的高压下，尽管它的温度高达 315 摄氏度，但仍然呈现出水冰的状态。

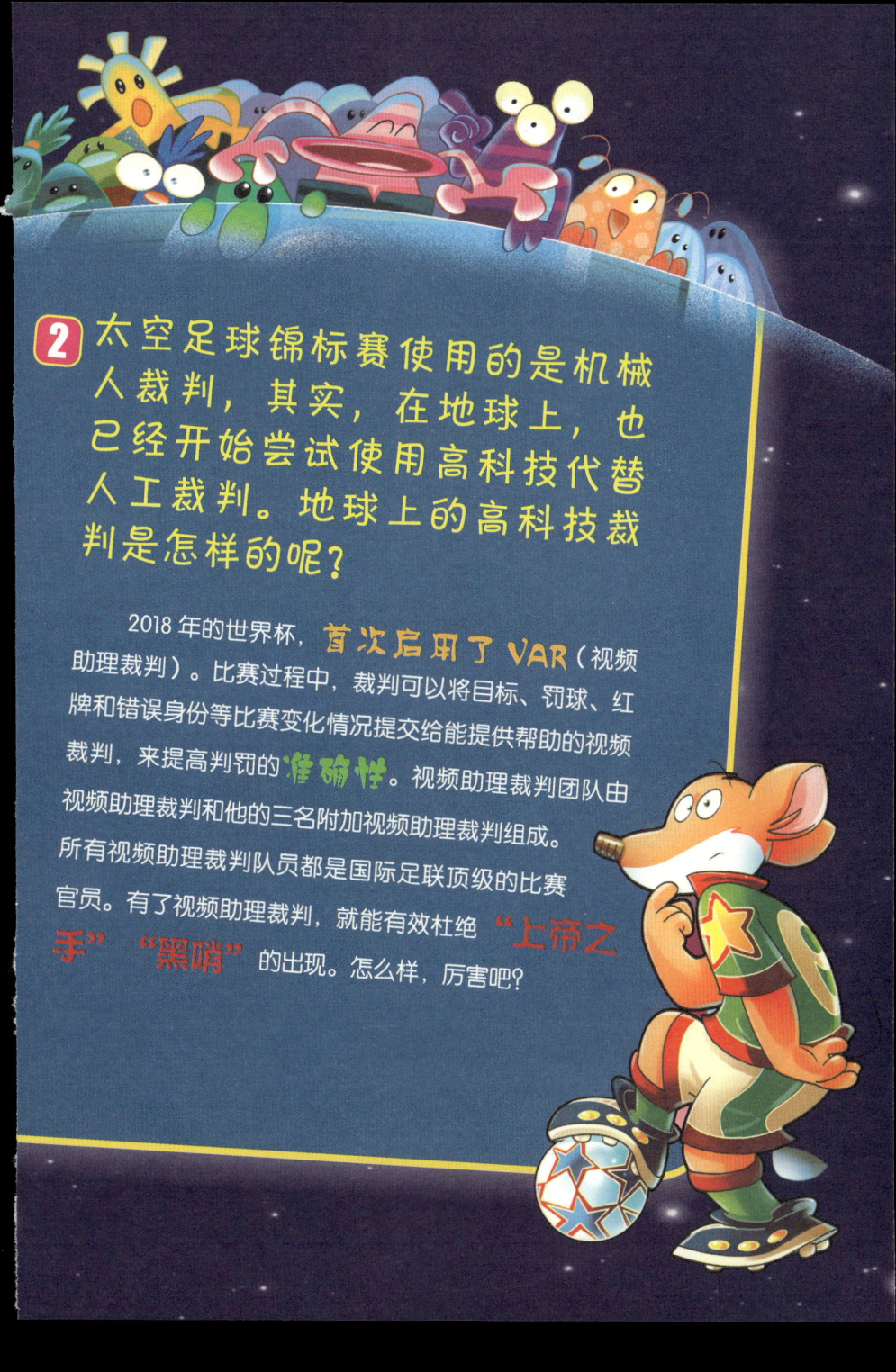

2 太空足球锦标赛使用的是机械人裁判,其实,在地球上,也已经开始尝试使用高科技代替人工裁判。地球上的高科技裁判是怎样的呢?

2018年的世界杯,**首次启用了VAR**(视频助理裁判)。比赛过程中,裁判可以将目标、罚球、红牌和错误身份等比赛变化情况提交给能提供帮助的视频裁判,来提高判罚的**准确性**。视频助理裁判团队由视频助理裁判和他的三名附加视频助理裁判组成。所有视频助理裁判队员都是国际足联顶级的比赛官员。有了视频助理裁判,就能有效杜绝**"上帝之手" "黑哨"**的出现。怎么样,厉害吧?

一起来发现书中的一些小秘密吧！

新船员，现在轮到你上场了！

1 茉莉更新了飞船上所有房间的显示器，为了防止有人潜入控制室随便操作，她还给我的控制盘加密了！结果就连我也不会用了……以后我可怎么回复各种讯息呢？茉莉倒是给我留下了使用说明，可我根本看不懂！谁来帮帮我啊？

杰尼船长：
　　控制盘的回复键已加密，您需要观察下面前两组图形的规律，然后根据规律推算出第三组图中"？"处应填的图案。在控制台上按顺序输入相应图案后，回复键就会弹出！

① ★ □ ■ ■ ★ □
② □ ■ ★ ★ □ ■
③ ■ ★ □　？

2 第一次走进球场比赛的时候，我觉得有成千上万只眼睛在盯着我们！那是因为有的外星人脑袋上的眼睛实在太多了！据我所知，宇宙中有一类外星人——多眼星人，他们浑身上下都是眼睛，眼睛越多，权力就越大。他们的国王身上甚至长了——糟糕，我算不过来他有多少只眼睛了！

　　多眼星人的国王，平时有一半的眼睛是闭上的，另一半的眼睛中有一半的在不停地眨眼，剩下的15只眼睛才是睁开的。所以国王一共有（　　）只眼睛！

1. 我制定的解密图案就是：□■★
2. 国王一共有 60 只眼睛，太吓人了！
3. 照片就在第 76 页橡胶人的脚下。
4. 乔装打扮的鳄鱼人就在图片最下方！你找到他了吗？

3 小雄狮的粉丝在给他拍了虚拟成像照片后，现场打印出了一张太空纸质的照片送给了小雄狮。然而，这张照片在和橡胶人的对战中不慎丢失了！请你先到第 66 页看一看小雄狮的虚拟成像照片，然后在第 76~77 页的对战现场中找到这张照片还给小雄狮吧！

4 黄色预警！黄色预警！在我们胜利归来时，一个鳄鱼人乔装打扮混进了迎接归来太空鼠的鼠群中，准备找机会报复！我们得到了以下线索：
①他的身体是绿色的；
②他穿了一身不怎么显眼的蓝色太空服；
③他的手爪长了4根指头。
　　幸好全息程序鼠及时拍摄了当时的画面，请你在第 127 页的画面中揪出这个坏家伙！

所有答案都在本页上，请你仔细找哟。

我是斯蒂顿船长！
菲，快报告在外太空的探察情况！

报告船长！我是菲……

你被耍了，表哥！

哇啊！！！

哈哈哈！整个宇宙都是我的！

亲爱的新船员，
你们喜欢读星际太空鼠的冒险故事吗？
请大家期待我的下一本新书吧！